CONTOS E POEMAS

(SELEÇÃO)

MÁRIO DE ANDRADE

CONTOS E POEMAS

(SELEÇÃO)

EDIÇÃO AOS CUIDADOS DE

Cláudia de Arruda Campos
Enid Yatsuda Frederico
Walnice Nogueira Galvão
Zenir Campos Reis

1ª edição

EXPRESSÃO POPULAR

São Paulo – 2017

Copyright © 2017, by Editora Expressão Popular

Projeto gráfico, diagramação e capa: *ZAP Design.*
Revisão: *Dulcinéia Pavan e Lia Urbini*
Impressão e acabamento: *Paym*
Imagem da capa: *Lasar Segall, 1889 Vilna - 1957 São Paulo.* "Mário na rede"
(1929, ponta-seca sobre papel, 25,5x32cm)

Dados Internacionais de Catalogação-na-Publicação (CIP)

Andrade, Mário de, 1893-1945
A553c   Contos e poemas (seleção). / Mario de Andrade; edição
sob os cuidados de Claudia de Arruda Campos; Enid
Yatsuda Frederico; Walnice Nogueira Galvão; Zenir Campos
Reis.– 1.ed.—São Paulo : Expressão Popular, 2017.
    127 p.

ISBN 978-85-7743-317-9

1. Poesia brasileira. 2. Contos brasileiros. 3. Literatura
brasileira – Poesia. 4. Literatura brasileira - Contos.
2. Juventude. I. Campos, Claudia de Arruda. II. Frederico,
Enid Yatsuda. III. Galvão, Walnice Nogueira. IV. Reis, Zenir
Campos. V. Título.

CDU 869(81)-1
CDD B869.813

Catalogação na Publicação: Eliane M. S. Jovanovich   CRB 9/1250

Todos os direitos reservados.
Nenhuma parte desse livro pode ser utilizada
ou reproduzida sem a autorização da editora.

1ª edição: novembro de 2017
1ª reimpressão: outubro de 2022

EDITORA EXPRESSÃO POPULAR
Rua Abolição, 197 – Bela Vista
CEP 01319-010 – São Paulo – SP
Tel: (11) 3112-0941 / 3105-9500
livraria@expressaopopular.com.br
www.expressaopopular.com.br
🅕 ed.expressaopopular
🄸 editoraexpressaopopular

SUMÁRIO

NOTA EDITORIAL 7

LER – COMPARTILHAR 9
Cláudia de Arruda Campos

BREVE PERCURSO BIOGRÁFICO DE UM GRANDE ESCRITOR 13
Maria Célia Paulillo

UMA POESIA DE MUITAS FACES 19
Cláudia de Arruda Campos

CONTOS

PRIMEIRO DE MAIO 31

O POÇO 45

O LADRÃO 67

JABURU MALANDRO 81

POEMAS

ASPIRAÇÃO 103

ODE AO BURGUÊS 105

O POETA COME AMENDOIM 109

DOIS POEMAS ACREANOS 111

AGORA EU QUERO CANTAR 117

SAMBINHA 125

GAROA DO MEU SÃO PAULO 127

NOTA EDITORIAL

A presente antologia de contos e poemas de Mário de Andrade conta com dois breves estudos sobre o autor e os textos selecionados. Maria Célia Paulilo se encarrega de situar o leitor com relação aos contos e chama a atenção para os seus aspectos centrais, tanto com relação à forma quanto ao conteúdo; Cláudia de Arruda Campos trata dos poemas trazendo chaves de leitura que contribuem para a sua interpretação. O texto de orelha foi composto por Ivone Daré Rabello. Agradecemos a solidariedade das professoras que gentilmente aceitaram essa tarefa.

As três primeiras narrativas foram publicadas postumamente em *Contos Novos*, cuja primeira edição é de 1947. Os textos foram retirados da edição da Itatiaia de 1983 e cotejados com o texto estabelecido para o volume coordenado por Telê Ancona Lopez em *Contos novos* [Ed. Especial], Rio de Janeiro: Nova Fronteira, 2015. No que toca ao conto "Jaburu Malando", reproduzimos o texto de *Contos de belazarte,* Belo Horizonte: Itatiaia, 1980. Os poemas tomaram como referência o texto estabelecido nas *Poesias completas,* 2 vols., Rio de Janeiro: Nova Fronteira, 2013.

Os editores

LER – COMPARTILHAR

Cláudia de Arruda Campos

Uma pessoa, um livro, o silêncio – esta é uma imagem clássica da leitura. Há séculos nossos olhos percorrem os textos sem que externamente nenhum som se manifeste. Mas no íntimo de quem lê, e no entorno da leitura, muitas vozes sussurram. A primeira, de natureza física, é a do próprio leitor, que ouve internamente aquilo que lê em aparente silêncio.

Outras vozes, cuja presença nem sempre percebemos durante a leitura, são aquelas do diálogo constante entre o que diz o texto e as experiências do leitor: experiências de vida e de leitura. Se essa conversa falha ou empaca, empaca a leitura. Ou desistimos imediatamente do texto, achando que ele nada tem a ver com a gente, ou nos interrogamos: o que isso quer dizer? Se a dúvida for de alguma forma resolvida, se encontramos a ponte entre a informação nova e aquilo que somos ou aquilo que já sabemos, o contato prossegue.

Mais vozes: aquelas que nos levaram a determinado texto. Chegamos a uma obra por alguma referência: alguém nos falou dela; tínhamos lido algo a seu respeito, a respeito do autor, do tema, do personagem, do contexto cultural, histórico;

ou apenas havíamos dado uma passada de olhos em algum trecho, ou na capa, e fomos chamados para dentro do livro. Muitas vezes, leitura feita, a nossa voz se externa: temos o desejo de comentar com alguém. Como a pedra jogada na água, os círculos se expandem, ondas de vozes, levando e trazendo novas leituras. Promover leitura passa por ajudar a perceber essas vozes e colocá-las em ação. Para isso pode haver bons exercícios, mas nada que supere nem dispense a única "técnica" imprescindível – o compartilhar. E esse compartilhamento pode se dar de várias formas, do comentário e sugestão de leituras até o ler com, ler junto, e mesmo o ler para alguém se, por algum motivo, essa pessoa não pode decifrar a letra ou as vozes do texto.

Ler com. Algumas imagens de leitura, que não a do isolamento, aparecem em quadros e gravuras antigas: duas pessoas leem juntas o mesmo livro. E essas imagens não passam a ideia de compartilhamento forçado, mas de calorosa intimidade. Duas ou mais pessoas lendo o mesmo texto, ainda que cada uma tenha seu próprio exemplar em mãos, parece esbater a frieza ou insegurança de que alguns se ressentem na leitura inteiramente individualizada. Ler, interromper, comentar, perguntar, rir ou se emocionar em companhia podem ser meios estimulantes para o melhor aproveitamento, seja de um texto envolvente, seja de um texto que requisite maior esforço.

Ler para. Outras imagens reforçam a ideia de compartilhamento: um adulto lê, ou conta histórias para a criança pequena; um círculo de pessoas, olhos e ouvidos ávidos dirigidos a um contador de histórias. As duas situações relacionam-se, geralmente, a estágios em que não se tem ainda acesso aos mistérios da escrita e nos quais a transmissão tem que se fazer pela oralidade. Embora presas a um tempo superado, ou a ser superado para se chegar à leitura, essas situações têm alguma coisa a nos sugerir. O encantamento do ouvir pode, em certas situações, estimular o ler. Explica-se: a história narrada, o poema declamado, o discurso proferido, a aula, todas essas modalidades baseadas na comunicação oral, permitem que se vá processando a apropriação de formas, estruturas, tons, o reconhecimento de assuntos e gêneros. Isso é importante para que o leitor (ou futuro leitor) vá adquirindo segurança, sentindo-se pisar num terreno que não é inteiramente desconhecido. Daí talvez o fato de que a leitura em voz alta permita uma maior compreensão de um trecho mais difícil. O som das palavras nos torna familiar aquele mundo que nos é transmitido.

Qualquer das vozes que acompanham a leitura só se fixa em nós se a ouvimos e distinguimos verdadeiramente. Isso demanda tempo e atenção, que são sempre variáveis: cada leitor, assim como cada texto, tem um ritmo próprio. Promover leitura entendendo-a como um compartilhamento pressupõe o respeito pelos ritmos e a aceitação dos vários movimentos que ocorrem nessa prática, tais como divagar e voltar ao texto; perguntar-se e resolver; voltar atrás e reler; interromper e continuar.

BREVE PERCURSO BIOGRÁFICO DE UM GRANDE ESCRITOR

MARIA CÉLIA PAULILLO[1]

Mário de Andrade, ou conforme a certidão de nascimento, Mário Raul de Morais Andrade (São Paulo, 1893-1945), passou para a história literária como o líder do movimento Modernista, cujo marco zero é o ano de 1922, na cidade de São Paulo. Embora parte da crítica não concorde inteiramente com tal consagração, é difícil contestá-la, pois o autor exerceu um papel fundamental na renovação das letras e da cultura nacional. Sua obra é extensa e variada, abrangendo os gêneros da poesia, romance, conto, crônica, teatro, crítica literária, musical e de artes plásticas. Deixou uma volumosa correspondência – mantida durante toda sua vida – que fornece ao leitor atual um retrato vivo da vida intelectual brasileira dos anos 1920 a 1940. Mas o escritor, atualizado com as vanguardas

---

[1] Maria Célia Paulillo é formada em Letras e possui doutorado em Literatura Brasileira na FFLCH-USP. Atua no magistério superior e foi pesquisadora do Projeto Inventário do Arquivo de Mário de Andrade no Instituto de Estudos Brasileiros da USP. É autora de artigos e ensaios sobre Mário de Andrade, Lígia Fagundes Telles, Afonso Schmidt e já coordenou e participou de várias publicações voltadas para o ensino de literatura e a formação de leitores, como *Tradição e Modernidade. Afonso Schmidt e a literatura paulista* (FAPESP/ Annablumme), *Lígia Fagundes Telles. Caderno de leitura* (Companhia das Letras), *Mapa da Literatura Brasileira* (Plataforma do Letramento/CENPEC).

europeias, não se limitou ao território da arte erudita: foi um pesquisador interessadíssimo no folclore e na cultura popular de nosso país. Estudou e interpretou manifestações coletivas – festas, danças, literatura oral, medicina tradicional – sem esquecer a criação individual de artistas que produziam quase anonimamente no interior do país. É importante enfatizar que grande parte da obra literária do autor é resultado da complexa interação entre o erudito e o popular, como evidencia seu livro mais notável, *Macunaíma* (1928). Embora seja mais conhecido como escritor, Mário teve formação musical, diplomando-se no Conservatório Dramático e Musical de São Paulo. Sua atividade profissional foi igualmente importante e diversificada. Além do magistério de música e piano no Conservatório, colaborou intensamente na imprensa, escrevendo artigos e crônicas literárias, trabalhou como funcionário do Serviço do Patrimônio Histórico e participou da vida pública (1934-1938). Foi um dos idealizadores e diretor do Departamento de Cultura da prefeitura de São Paulo, onde desenvolveu um trabalho marcante na área artística, educacional e social. Entre suas iniciativas, destacam-se a Discoteca Pública, o I Congresso de Língua Nacional Cantada e os Parques Infantis, proposta pioneira na educação infantil pública, cujas primeiras unidades (1935) atendiam as crianças dos bairros operários.

A antologia que oferecemos ao leitor pretende-se apenas uma amostra da extensa obra de Mário de Andrade. No espírito das nossas edições, privilegiamos textos – poemas e contos – que remetem ao trabalho e à vida social. A escolha do autor pauta-se pela mesma intenção, pois como é sabido, entre os modernistas de 22, Mário de Andrade foi o escritor que melhor soube aliar a pesquisa e a invenção da obra artística ao compromisso com o tempo e a sociedade em que viveu. Os textos selecionados receberam duas abordagens, tendo em vista os gêneros a que pertencem: a primeira, referente aos contos, de minha autoria; a segunda, que abrange os poemas, escrita por Cláudia de Arruda Campos.

Do Modernismo ao moderno: quatro contos de Mário de Andrade

Os contos de Belazarte integram narrativas dos anos 1920, mais tarde publicadas em 1934. A concepção do livro data, portanto, da fase áurea do Modernismo e testemunha o desejo do autor em definir esteticamente uma nova identidade nacional. Seus personagens são os habitantes dos bairros operários que se expandiram com a industrialização de São Paulo, no início do século XX. Misturando costumes e sotaques – brasileirismos, italianismos, lusitanismos –, são eles os novos brasileiros que transformaram a face tradicional da cidade e inovaram o idioma nacional. Essa "fala brasileira" vai ser incorporada literariamente na voz do narrador Belazarte, contador de histórias, conversador e participativo.

"Jaburu malandro" é o conto que selecionamos desta primeira coletânea. Ele presta uma homenagem à arte circense – manifestação popular tão amada pelos modernistas – mostrando como a chegada de um modesto circo abre um parêntese de excitação e alegria na rotina do subúrbio. Exceção feita para a imatura Carmela, italianinha que tenta conquistar o astro vindo do Norte do país. É ele o Homem Cobra, contorcionista meio homem, meio réptil, cujo belo ofício exprime a ambiguidade da arte.

O autor volta às narrativas curtas no livro *Contos novos*, fruto de demorada elaboração artística e publicado só após sua morte, em 1947. Dele fazem parte três títulos aqui selecionados: "O poço", "Primeiro de Maio" e "O ladrão". A obra mostra um avanço em direção a um realismo mais crítico e denso, e, em certo sentido, mais moderno. Aqui estilo, trama, paisagem, tudo é mais contido e acabado, e o resultado é um profundo mergulho na realidade social e psíquica do homem brasileiro.

Conduzido por um narrador em terceira pessoa, "O poço" focaliza o embate entre um velho fazendeiro e seus peões, que arriscam a vida escavando o fundo de um poço em busca de uma caneta. A denúncia presente no texto manifesta-se tanto no enredo tenso como no contorno psicológico dos personagens. É o caso de José, trabalhador cativo da relação patriarcal, que só reage ao desmando do patrão por amor ao irmão doente, prestes a desfalecer. Ou, sobretudo, a figura do proprietário Joaquim Prestes, que ora recebe um retrato irônico de fazendeiro pseudoempreendedor, ora um perfil expressionista de déspota, cuja obsessão parece animar o ambiente hostil, como o vento que "chicoteia" ou o sarilho do poço que "geme" e "uiva".

Diferente do conto anterior, o ponto de vista de "Primeiro de Maio" incorpora o discurso indireto livre para apresentar um dia na vida do jovem 35, carregador de malas da Estação da Luz. A narração revela com empatia o fluxo dos pensamentos do protagonista, procedimento que contraria a impessoalidade do nome 35. Na manhã do Primeiro de Maio, o jovem sai de casa movido por desejos confusos de sacrifício e heroísmo a fim de celebrar o feriado internacional. No decorrer do dia, porém, a realidade vai arruinando seus anseios épicos: a cidade abarrotada de policiais, os trabalhadores desorganizados, a comemoração controlada em local fechado[2]. Diante dos companheiros oprimidos e sem rumo,

---

[2] O período de elaboração do conto (1934-1942) coincide com o Estado Novo ou Era Vargas, época de forte repressão aos movimentos independentes de organização proletária.

o 35 vive um sentimento de vibrante fraternidade, mas impotente e solitário, num amadurecimento precoce que o deixa "tão criança, tão já experiente da vida".

"O ladrão" relata a busca a um desconhecido que supostamente invadira um modesto bairro durante a madrugada. Aos poucos, a ruidosa perseguição vai perdendo importância e a solidariedade nascida do medo dá lugar ao desejo de trocar ideias e experiências, num clima de quase festa: "era como se se conhecessem sempre". O ritmo frenético inicial perde a intensidade e se espraia num relato pontilhado de conversas, risadas e distribuição de café. É quando são encenados momentos de exceção vividos pelos moradores, como a "consagração" do violinista que sabia tocar uma só valsa, a sedução da bela portuguesa mal-amada, os aplausos e bravos que pontuam a noite para "que a vida fosse engraçada um segundo". A partir da quebra da rotina na rua operária, o contista compõe um belo mosaico de experiências singulares que se extinguem com a chegada de mais um dia de trabalho.

UMA POESIA DE MUITAS FACES

CLÁUDIA DE ARRUDA CAMPOS[1]

As primeiras décadas do século XX encontram a poesia brasileira "engravatada", presa, na maioria dos casos, às regras rígidas da estética parnasiana. Em um poema ("Os sapos"), enviado para a Semana de Arte Moderna, Manuel Bandeira satiriza as pretensões dos poetas parnasianos, comparando-os a sapos ruidosos.

E conclui o poeta dizendo que, longe desse tumulto, "Lá, fugido ao mundo,/ Sem glória, sem fé" [...] soluça "transido de frio" o sapo cururu da beira do rio. O sapo cururu integra cantigas populares, é figura das nossas tradições e também uma imagem de singeleza, oposta à magnificência da estética parnasiana.

O modelo de poesia vigente, no entanto, caíra de tal modo no gosto da "boa" sociedade brasileira que pareceria inaceitável qualquer outra forma de expressão que não fosse a da métrica perfeita, das rimas – ricas ou raras, de preferência –, das inversões e circunvoluções da forma, da linguagem elevada. E a poesia modernista veio provocar um solavanco nesses critérios de gosto. Tendo relações com o movimento

---

[1] Cláudia de Arruda Campos é professora de Teoria Literária.

futurista, embora sem se reduzir a ele, a nova poesia passou a ser tachada de "futurista", assim como também se referiam aos novos poetas. Só que "futurismo" era usado como sinônimo de "coisa tresloucada", sendo os poetas, portanto, uns loucos. E isso era repetido por muita "gente de bem" que nem conhecia o Futurismo europeu, ou dele tinha uma ideia pouco exata. Foi preciso muita ousadia para os artistas que se dispuseram a renovar a arte no Brasil. Talvez mais para alguém como Mário de Andrade, moço de condições modestas e professor do Conservatório Musical, respeitável instituição. E Mário de Andrade ousou.

Um olho no cenário artístico internacional, outro olho no chão brasileiro, o livro publicado por Mário de Andrade em 1922 intitulou-se *Pauliceia desvairada*. Ali se unem referências internacionais, uma visão crítica de Brasil e de São Paulo, cidade sobre a qual exclama o poeta:

> São Paulo! Comoção de minha vida...
> Galicismo a berrar nos desertos da América![2]

O livro é escrito após uma série de "escândalos" que antecedem a Semana de Arte Moderna, como a exposição das pinturas de Anita Malfatti. A gota disparadora foi um escândalo doméstico protagonizado pelo poeta, por ter adquirido uma escultura de Victor Brecheret: uma cabeça de Cristo em bronze: "... a parentada que morava pegado invadiu a casa para ver. E para brigar. Berravam, berravam. Aquilo era até um pecado mortal! Estrilava a senhora minha tia velha, matriarca da família. Onde se viu Cristo de trancinha"[3].

---

[2] "Inspiração", in *Pauliceia desvairada*.
[3] Andrade, Mário. "O movimento modernista", in *Aspectos da literatura brasileira*, 5ª Ed. São Paulo, Martins, 1974.

O enriquecimento, o desfiguramento de São Paulo são os principais alvos deste livro de combate. Combate de ideias, mas também de formas poéticas: a burguesia enfrentada em seu gosto estético e em suas pretensões aristocráticas e falsamente cosmopolitas.

Em *Pauliceia desvairada*, publica-se o poema com o qual Mário, ousadia máxima, se apresentou (ou, antes, se expôs) na Semana de Arte Moderna. Diante de uma plateia que ali fora, em sua maioria, para gritar, vaiar, intimidar os "futuristas", o poeta declama, proclama, sua "Ode ao burguês". No jogo de palavras, "ode", que designaria um poema de louvor, se transforma em "ódio". O burguês é denunciado e satirizado.

A partir de 1924, a obra de Mário de Andrade mostra uma extensão do olhar para além dos temas sugeridos pela pauliceia. Nesse ano, Mário, com um grupo de artistas e intelectuais, revisita as cidades históricas de Minas Gerais. A partir de então, percebe-se na literatura de Mário de Andrade um movimento rumo à construção ou descoberta de uma identidade nacional, enlaçando um Brasil moderno com nossas melhores tradições, destacando-se aí a tradição representada pela cultura popular. Em 1927, Mário faz um percurso pela região Norte do país, e, em 1928, viaja pelo Nordeste, onde, como musicólogo que era, realizou pesquisas, sobretudo sobre danças e cantigas populares. Nesse mesmo ano (1928) publica-se seu romance mais aclamado, *Macunaíma*.

Antes, em 1927, publica-se o volume de poemas *Clã do jabuti*. A primeira grande marca do livro é sua referência a gêneros musicais (sambinha, moda, toada, acalanto...). Junto com essa marca, a de um "descobrimento do Brasil". Não à toa esse é o título de um dos "poemas acreanos".

Em "Noturno de Belo Horizonte", numa celebração da variedade dos brasileiros e da unidade do idioma, conclui o poeta: "Juntos formamos este assombro de misérias e grandezas".

Em "O poeta come amendoim", poema no qual a imagem "o gosto quente do amendoim" evoca a percepção sensorial do ser brasileiro, Mário de Andrade chega a uma visão de Brasil que contraria nacionalismos e ufanismos: "Brasil amado não porque seja minha pátria,/ Pátria é acaso de migrações e do pão-nosso onde Deus der...". Em lugar da exaltação, o Brasil surge como um conjunto de meios de prover necessidades básicas, elementos culturais, sentimentos, gostos com os quais o eu se identifica.

Nos "Dois Poemas Acreanos", assim como se viu em "Noturno de Belo Horizonte", salta ao olhar do poeta um Brasil marcado pela variedade, agora principalmente a diferença regional e, mais do que isso, a diferença de formas de viver. Em "Descobrimento", o escritor, "abancado" em sua escrivaninha, se emociona com a percepção súbita da brasilidade que o une ao seringueiro do Norte. E, em relação a esse brasileiro distante, segue-se, em "Acalanto do seringueiro", a expressão do desejo de uma identificação que não seja apenas intelectual. Afinal, são ambos brasileiros e explorados.

Mas, ressente-se o poeta por não poder sentir os seus patrícios, vivendo assim uma identificação falha, um "amor infeliz", que pelas diversas distâncias interpostas, não pode ser igualmente correspondido. Resta ao poeta registrar seu propósito de identificação e seu "amor de amigo enorme". A solução do poema na forma de um acalanto encaminha o discurso para a evidenciação da atitude amorosa, do acolhimento.

Ainda de *Clã do jabuti* destacamos o poema "Sambinha". Ali, o ritmo de referência destaca duas moças modestas, em um bairro modesto de São Paulo:

– Você vai?

– Não vou não!

O batuque da fala reflete os passos apressadinhos – no mesmo compasso – das moças. Na aparência, "ajeitadas" (vestido de seda); no interior, a pobreza decente (roupa de baixo em morim). Também na aparência, diversas ("Uma era ítalo-brasileira/ Outra era áfrico-brasileira"), mas no carinho o poeta as integra: "Tão bonitas, tão modernas, tão brasileiras!". A visão binária fecha o poema: "Uma era branca/ Outra era preta".

Do ódio ao burguês, passamos para uma visão de brasilidade composta, sem ufanismo, por aquilo que nos une: o idioma, com suas variedades; o povo, com suas variedades; as formas de viver e de sentir. No correr da poesia de Mário de Andrade ressalta uma identificação dos seus sentimentos mais pessoais com o país dos humildes.

O poema que escolhemos para abertura da coletânea nos fala de uma identificação mais profunda e extensa do poeta. Refiro-me ao poema "Aspiração", constante do volume *Remate de males*, de 1930.

Agora, aquela variedade, a pluralidade que o poeta vira em São Paulo, no Brasil, nas potencialidades das formas poética e musicais, volta-se para seu próprio eu. O livro se abre com o poema "Eu sou trezentos...", no qual o eu poético nos fala de sua condição fragmentária, cacos espelhados nos quais se reconhece e desconhece, com a certeza de que "[...] um dia afinal, eu toparei comigo..." E esse encontro vai tomar corpo em "Aspiração".

Como se observa, "Aspiração" é um poema com cinco estrofes, de dimensões diferentes. Duas se igualam no fato de serem constituídas por um único verso. E nelas se repete o verbo sentir e a expressão "homens iguais". Embora não pretenda me estender em análises detalhadas do texto, não posso deixar de chamar a atenção para a constituição sonora desses dois versos, com suas aliterações e assonâncias significativas.

A primeira estrofe se abre com um verso ambíguo o bastante para suscitar várias possibilidades de sequência. Tirado do contexto, o verso poderia levar, por exemplo, a pensar num quadro campestre, na rusticidade cantada pelos poetas árcades, ou em uma opção cristã, franciscana. Mas a leitura completa do texto, ou até mesmo, isoladamente, desta estrofe, vai indicar um sentido bem diverso. Fala-se ali de uma anulação do eu, um processo que parece doloroso: "Dei tudo o que era meu, me gastei no meu ser". O verso sugere perda, mas, então, como "doçura da pobreza assim...", reiterada no último verso? O despojamento das pretensões do eu, que deixa ao poeta tão só o que ele tem "de toda gente", longe de uma perda, será uma forma de preenchimento: "Nem me sinto mais só, dissolvido nos homens iguais!". A pontuação expressiva (ponto de exclamação) nos mostra uma reação emocionada (espanto? encanto?) diante desse dissolver-se.

A terceira e quarta estrofes refazem, com imagens sensíveis, a ideia enunciada na primeira estrofe. Um caminhar, metáfora de um percurso de vida, de amadurecimento – a aurora ao sol a pino. É nestas duas estrofes que mais se ressalta o emprego de verbos e pronomes de 1ª pessoa – as marcas do eu. De início o eu vai deixando a marca de seus passos, "marca emproada", isto é, soberba, orgulhosa. De repente, nada. As marcas do eu, vãs, se desfazem.

Algo sobra, diz o poeta. E o que sobra é bem maior que o espaço pouco do seu caminho: sobra a Terra, e "sobre a Terra [...] Os homens sempre iguais...".

E a Terra é "carinhosamente muda", acolhe, mas não interfere. Em sua extensão os homens seguem seus destinos. E não são destinos de lutar, brilhar, conquistar, amealhar, acumular. Os homens vão "crescendo, penando, finando na Terra". Um trajeto que não marca nenhum passo soberbo. O dissolvido, o miúdo. Parece uma visão negativa? Lamenta-se o poeta de sua pequenez? Ao contrário, ele exclama: "E me sinto maior, igualando-me aos homens iguais!...".

O poeta que buscara a identificação com os brasileiros naquilo que os iguala na variedade; o poeta que buscara a identificação com a gente simples de sua terra, ao deparar com o desconcerto de sua própria identidade, reencontra-se ao reconhecer-se na humanidade.

No livro *Lira Paulistana*, Mário retorna o olhar sobre São Paulo, a cidade onde nasceu, a cidade na qual vive, e que vive dentro dele. Passam aos olhos do leitor, ruas, praças, prédios, gentes de São Paulo. No livro publica-se um dos poemas mais longos e mais tristes de Mário de Andrade: "A meditação sobre o Tietê". Este é o rio mais entranhadamente ligado à história de São Paulo e à história de vida do poeta, assim como a sua produção literária. Nesta meditação se repassam, como um rio escuro, poemas de Mário, suas ideias, passagens e gentes da história paulista. E junto a tudo, dor e desencanto, que só se reconciliam na afirmação da identidade humana e na teimosia paulista desse rio que, ao contrário do habitual, não corre para o mar, e, sim, para o interior (da terra? Das gentes?).

Deste livro, selecionamos dois poemas sem título, identificados por seu primeiro verso: "Garoa do meu São Paulo" e "Agora eu quero cantar". "Garoa" é um poema breve, com quatro estrofes, a última consistindo em apenas um verso.

O poema é estruturado sobre oposições: branco/preto; pobre/rico (e, de certo modo, longe/perto). A oposição se estende para o tecido sonoro do texto (em assonâncias e aliterações): observe-se, por exemplo, o contraste entre as vogais, abundantes, de boca cheia, macias, do 1º verso e o estreitamento angustiado no 2º verso. E o contraste, que aqui é evidente, se mantém em todo o poema, onde tons e timbres se alternam. Trata-se de um poema também bastante regular na composição das estrofes. Na 1ª e 2ª estrofes os três últimos versos têm a mesma estrutura, desenhando a mutação das figuras que transitam pela garoa. Cada uma tem um 1º verso que se refere, diretamente ou não, à garoa, e um 2º que é um epíteto atribuído a um termo do 1º verso. Na 1ª estrofe, refere-se à garoa; na 2ª, a São Paulo (da garoa). A referência a São Paulo não é, nem no sentido dos termos, nem na maciez da sonoridade, negativa, a não ser, talvez, por alguma ironia na relação com Londres. Na 1ª estrofe, o epíteto para garoa, por som e sentido, carrega negatividade. A 3ª estrofe é menor, só quatro versos. Volta o 1º verso do poema ["Garoa do meu São Paulo"], agora com um epíteto ainda mais negativo: "costureira de malditos".

Na 1ª e 2ª estrofes, a garoa é uma espécie de véu que aparentemente confunde as diversidades entre brancos e pretos, pobres e ricos. Só que, imersos na teia da garoa, todos os passantes, independentemente de sua condição original, se igualam: todos brancos, todos ricos, como lamenta o poeta na 3ª estrofe. Note-se o tom de lamento dado pela abundância de nasais. Ao que parece, o espaço da garoa, a São Paulo da garoa, não acolhe pretos e pobres. Só brancos e ricos.

O tom de lamento embute-se também no último verso do poema: "Garoa, sai dos meus olhos". A imagem é ambígua.

Pode ser expressão do desejo da nitidez turvada pela garoa, mas também o turvamento produzido por uma lágrima.

"Agora eu quero cantar", um poema que conta em canto a vida de um operário, seus sofrimentos e sonhos, merece uma comparação com a canção de Chico Buarque, "Pedro pedreiro", aquele que espera a sorte assim como espera o trem até desesperar-se dos sonhos e se ver numa situação sem volta. O Pedro de Mário de Andrade é um explorado que podia ser "Pedro, Pedrinho, José, / Francisco, e nunca Alcibíades". Este Pedro pobre, que teve que deixar a escola pelo trabalho, tinha engenho, aperfeiçoou máquinas, mas nunca saiu da condição de operário, ao qual a máquina toma um dedo, e a vida tudo vai tomando, enquanto seus sonhos se elevam para a distância representada por uma serra, atrás da qual "havia de ter, decerto/ Uma vida bem mais linda". Só que não.

CONTOS

PRIMEIRO DE MAIO

No grande dia Primeiro de Maio, não eram bem seis horas e já o 35 pulara da cama, afobado[1]. Estava bem disposto, até alegre, ele bem afirmara aos companheiros da Estação da Luz que queria celebrar e havia de celebrar. Os outros carregadores mais idosos meio que tinham caçoado do bobo, viesse trabalhar que era melhor, trabalho deles não tinha feriado. Mas o 35 retrucava[2] com altivez que não carregava mala de ninguém, havia de celebrar o dia deles. E agora tinha o grande dia pela frente.

Dia dele... Primeiro quis tomar um banho pra ficar bem digno de existir. A água estava gelada, ridente[3], celebrando, e abrira um sol enorme e frio lá fora. Depois fez a barba. Barba era aquela penuginha meio loura, mas foi assim mesmo buscar a navalha dos sábados, herdada do pai, e se barbeou. Foi se barbeando. Nu só da cintura pra cima por causa da mamãe por ali, de vez em quando a distância mais aberta do espelhinho refletia os músculos violentos dele, desenvolvidos

---

[1] Afobado: apressado
[2] Retrucava: respondia
[3] Ridente: risonha

desarmoniosamente nos braços, na peitaria, no cangote[4], pelo esforço quotidiano de carregar peso. O 35 tinha um ar glorioso e estúpido. Porém ele se agradava daqueles músculos intempestivos[5], fazendo a barba.

Ia devagar porque estava matutando[6]. Era a esperança dum turumbamba[7] macota[8], em que ele desse uns socos formidáveis nas fuças dos polícias. Não teria raiva especial dos polícias, era apenas a ressonância vaga daquele dia. Com seus vinte anos fáceis, o 35 sabia, mais da leitura dos jornais que de experiência, que o proletariado era uma classe oprimida. E os jornais tinham anunciado que se esperava grandes "motins" do Primeiro de Maio, em Paris, em Cuba, no Chile, em Madri.

O 35 apressou a navalha de puro amor. Era em Madri, no Chile que ele não tinha bem lembrança se ficava na América mesmo, era a gente dele... Uma piedade, um beijo lhe saía do corpo todo, feito proteção sadia de macho, ia parar em terras não sabidas, mas era a gente dele, defender, combater, vencer... Comunismo?... Sim, talvez fosse isso. Mas o 35 não sabia bem direito, ficava atordoado com as notícias, os jornais falavam tanta coisa, faziam tamanha mistura de Rússia, só sublime ou só horrenda, e o 35 infantil estava por demais machucado pela experiência pra não desconfiar, o 35 desconfiava. Preferia o turumbamba porque não tinha medo de ninguém, nem do Carnera, ah, um soco bem nas fuças dum polícia... A navalha apressou o passo outra vez. Mas de repente o 35 não imaginou mais em nada por causa daquele bigodinho de cinema que

---

[4] Cangote: nuca
[5] Intempestivos: inoportunos
[6] Matutando: refletindo
[7] Turumbamba: conflito
[8] Macota: poderoso

era a melhor preciosidade de todo o seu ser. Lembrou aquela moça do apartamento, é verdade, nunca mais tinha passado lá pra ver se ela queria outra vez, safada! Riu. Afinal o 35 saiu, estava lindo. Com a roupa preta de luxo, um nó errado na gravata verde com listinhas brancas e aqueles admiráveis sapatos de pelica[9] amarela que não pudera sem comprar. O verde da gravata, o amarelo dos sapatos, bandeira brasileira, tempos de grupo escolar... E o 35 comoveu num hausto[10] forte, querendo bem o seu imenso Brasil, imenso colosso gigan-ante, foi andando depressa, assobiando. Mas parou de sopetão[11] e se orientou assustado. O caminho não era aquele, aquele era o caminho do trabalho.

Uma indecisão indiscreta o tornou consciente de novo que era o Primeiro de Maio, ele estava celebrando e não tinha o que fazer. Bom, primeiro decidiu ir na cidade pra assuntar[12] alguma coisa. Mas podia seguir por aquela direção mesmo, era uma volta, mas assim passava na Estação da Luz dar um bom-dia festivo aos companheiros trabalhadores. Chegou lá, gesticulou o bom-dia festivo, mas não gostou porque os outros riram dele, bestas. Só que em seguida não encontrou nada na cidade, tudo fechado por causa do grande dia Primeiro de Maio. Pouca gente na rua. Deviam de estar almoçando já, pra chegar cedo no maravilhoso jogo de futebol escolhido pra celebrar o grande dia. Tinha mas era muito polícia, polícia em qualquer esquina, em qualquer porta cerrada de bar e de café, nas joalherias, quem pensava em roubar! nos bancos, nas casas de loteria. O 35 teve raiva dos polícias outra vez.

---

[9] Pelica: pele fina, curtida, para calçados
[10] Hausto: aspiração, fôlego
[11] De sopetão: de repente
[12] Assuntar: meditar, refletir, descobrir

E como não encontrasse mesmo um conhecido, comprou o jornal pra saber. Lembrou de entrar num café, tomar por certo uma média[13], lendo. Mas a maioria dos cafés estavam de porta cerrada e o 35 mesmo achou que era preferível economizar dinheiro por enquanto, porque ninguém não sabia o que estava pra suceder. O mais prático era um banco de jardim, com aquele sol maravilhoso. Nuvens? umas nuvenzinhas brancas, ondulando no ar feliz. Insensivelmente o 35 foi se encaminhando de novo para os lados do Jardim da Luz. Eram os lados que ele conhecia, os lados em que trabalhava e se entendia mais. De repente lembrou que ali mesmo na cidade tinha banco mais perto, nos jardins do Anhangabaú. Mas o Jardim da Luz ele entendia mais. Imaginou que a preferência vinha do Jardim da Luz ser mais bonito, estava celebrando. E continuou no passo em férias.

Ao atravessar a estação achou de novo a companheirada trabalhando. Aquilo deu um mal-estar fundo nele, espécie não sabia bem, de arrependimento, talvez irritação dos companheiros, não sabia. Nem quereria nunca decidir o que estava sentindo já... Mas disfarçou bem, passando sem parar, se dando por afobado, virando pra trás com o braço ameaçador, "Vocês vão ver!"... Mas um riso aqui, outro riso acolá, uma frase longe, os carregadores companheiros, era tão amigo deles, estavam caçoando[14]. O 35 se sentiu bobo, impossível recusar, envilecido[15]. Odiou os camaradas.

Andou mais depressa, entrou no jardim em frente, o primeiro banco era a salvação, sentou-se. Mas dali algum companheiro podia divisar[16] ele e caçoar mais, teve raiva.

---

[13] Média: café com leite em xícara média, de chá
[14] Caçoando: zombando
[15] Envilecido: desonrado, humilhado
[16] Divisar: avistar

Foi lá no fundo do jardim campear[17] banco escondido. Já passavam negras disponíveis por ali. E o 35 teve uma ideia muito não pensada, recusada, de que ele também estava uma espécie de negra disponível, assim. Mas não estava não, estava celebrando, não podia nunca acreditar que estivesse disponível e não acreditou. Abriu o jornal. Havia logo um artigo muito bonito, bem pequeno, falando na nobreza do trabalho, nos operários que eram também os "operários da nação", é isso mesmo. O 35 se orgulhou todo comovido. Se pedissem pra ele matar, ele matava roubava, trabalhava grátis, tomado dum sublime desejo de fraternidade, todos os seres juntos, todos bons... Depois vinham as notícias. Se esperavam "grandes motins" em Paris, deu uma raiva tal no 35. E ele ficou todo fremente[18], quase sem respirar, desejando "motins" (devia ser turumbamba) na sua desmesurada força física, ah, as fuças de algum... polícia? polícia. Pelo menos os safados dos polícias.

Pois estava escrito em cima do jornal: em São Paulo a Polícia proibira comícios na rua e passeatas, embora se falasse vagamente em motins de-tarde no Largo da Sé. Mas a polícia já tomara todas as providências, até metralhadoras, estavam em cima do jornal, nos arranha-céus, escondidas, o 35 sentiu um frio. O sol brilhante queimava, banco na sombra? Mas não tinha, que a Prefeitura, pra evitar safadez dos namorados, punha os bancos só bem no sol. E ainda por cima era aquela imensidade de guardas e polícias vigiando que nem bem a gente punha a mão no pescocinho dela, trilo[19]. Mas a Polícia permitiria a grande reunião proletária, com discurso do ilustre Secretário do Trabalho, no magnífico pátio

---

[17] Campear: procurar
[18] Fremente: agitado
[19] Trilo: apito

interno do Palácio das Indústrias, lugar fechado! A sensação foi claramente péssima. Não era medo, mas por que que a gente havia de ficar encurralado assim! É! é pra eles depois poderem cair em cima da gente, (palavrão)! Não vou! não sou besta! Quer dizer: vou sim! desaforo! (palavrão), socos, uma visão tumultuária[20], rolando no chão, se machucava mas não fazia mal, saíam todos enfurecidos do Palácio das Indústrias, pegavam fogo no Palácio das Indústrias, não! a indústria é a gente, "operários da nação", pegavam fogo na igreja de São Bento mais próxima que era tão linda por "drento", mas pra que pegar fogo em nada! (O 35 chegara até a primeira comunhão em menino...), é melhor a gente não pegar fogo em nada; vamos no Palácio do Governo, exigimos tudo do Governo, vamos com o general da Região Militar, deve ser gaúcho, gaúcho só dá é farda, pegamos fogo no palácio dele. Pronto. Isso o 35 consentiu, não porque o tingisse[21] o menor separatismo[22] (e o aprendido no grupo escolar?) mas nutria sempre uma espécie de despeito por São Paulo ter perdido na revolução de 32. Sensação aliás quase de esporte, questão de Palestra-Coríntians[23], cabeça inchada, porque não vê que ele havia de se matar por causa de uma besta de revolução diz-que democrática, vão "eles"! ... Se fosse o Primeiro de Maio, pelo menos ... O 35 percebeu que se regava todo por "drento" dum espírito generoso de sacrifício. Estava outra vez enormemente piedoso, morreria sorrindo, morrer... Teve uma nítida,

---

[20] Tumultuária: confusa
[21] Tingisse: carregasse a cor de
[22] Separatismo: tendência de parte do território de um Estado ou País para separar-se deste e tornar-se independente
[23] Palestra-Coríntians: partida de futebol entre os times rivais hoje chamados Palmeiras e Corinthians

envergonhada sensação de pena. Morrer assim tão lindo, tão moço. A moça do apartamento... Salvou-se lendo com pressa, ôh! os deputados trabalhistas chegavam agora às nove horas, e o jornal convidavam (*sic*) o povo pra ir na Estação do Norte (a estação rival, desapontou[24]) pra receber os grandes homens. Se levantou mandado, procurou o relógio da torre da Estação da Luz, ora! não dava mais tempo! quem sabe se dá! Foi correndo, estava celebrando, raspou distraído o sapato lindo na beira de tijolo do canteiro (palavrão), parou botando um pouco de guspe no raspão, depois engraxo, tomou o bonde pra cidade, mas dando uma voltinha pra não passar pelos companheiros da Estação. Que alvoroço por dentro, ainda havia de aplaudir os homens. Tomou o outro bonde pro Brás. Não dava mais tempo, ele percebia, eram quase nove horas quando chegou na cidade, ao passar pelo Palácio das Indústrias, o relógio da torre indicava nove e dez, mas o trem da Central sempre atrasa, quem sabe? bom: às quatorze horas venho aqui, não perco, mas devo ir, são nossos deputados no tal de congresso, devo ir. Os jornais não falavam nada dos trabalhistas, só falavam dum que insultava muito a religião e exigia divórcio, o divórcio o 35 achava necessário (a moça do apartamento...), mas os jornais contavam que toda a gente achava graça no homenzinho "Vós, burgueses", e toda a gente, os jornais contavam, acabaram se rindo do tal do deputado. E o 35 acabou não achando mais graça nele. Teve até raiva do tal, um soco é que merecia. E agora estava torcendo pra não chegar com tempo na Estação.

Chegou tarde. Quase nada tarde, eram apenas nove e quinze. Pois não havia mais nada, não tinha aquela multi-

---

[24] Desapontar: decepcionar

dão que ele esperava, parecia tudo normal. Conhecia alguns carregadores dali também e foi perguntar. Não, não tinham reparado nada, decerto foi aquele grupinho que parou na porta da Estação, tirando fotografia. Aí outro carregador conferiu que eram os deputados sim, porque tinham tomado aqueles dois sublimes automóveis oficiais. Nada feito. Ao chegar na esquina o 35 parou pra tomar o bonde, mas vários bondes passaram. Era apenas um moço bem--vestidinho, decerto à procura de emprego por aí, olhando a rua. Mas de repente sentiu fome e se reachou[25]. Havia por dentro, por "drento" dele um desabalar[26] neblinoso[27] de ilusões, de entusiasmo e uns raios fortes de remorso. Estava tão desgradável, estava quase infeliz... Mas como perceber tudo isso se ele precisava não perceber!... O 35 percebeu que era fome.

Decidiu ir a-pé pra casa, foi a-pé, longe, fazendo um esforço penoso para achar interesse no dia. Estava era com fome, comendo aquilo passava. Tudo deserto, era por ser feriado, Primeiro de Maio. Os companheiros estavam trabalhando, de vez em quando um carrego[28], os mais eram conversas divertidas, mulheres de passagem, comentadas, piadas grossas com as mulatas do jardim, mas só as bem limpas mais caras, que ele ganhava bem, todos simpatizavam logo com ele, ora por que que hoje me deu de lembrar aquela moça do apartamento!... Também: moça morando sozinha é no que dá. Em todo caso, pra acabar o dia era uma ideia ir lá, com que pretexto?... Devia ter ido em Santos, no piquenique da Mobiliadora, doze paus o convite, mas o Primeiro de Maio...

---

[25] Reachou: encontrou de novo
[26] Desabalar: fugir
[27] Neblinoso: nublado
[28] Carrego: carga

Recusara, recusara repetindo o "não" de repente com raiva, muito interrogativo, se achando esquisito daquela raiva que lhe dera. Então conseguiu imaginar que esse piquenique monstro, aquele jogo de futebol que apaixonava eles todos, assim não ficava ninguém pra celebrar o Primeiro de Maio, sentiu-se muito triste, desamparado. É melhor tomo por esta rua. Isso o 35 percebeu claro, insofismável[29] que não era melhor, ficava bem mais longe. Ara, que tem! Agora ele não podia se confessar mais que era pra não passar na Estação da Luz e os companheiros não rirem dele outra vez. E deu a volta, deu com o coração cerrado[30] de angústia indizível, com um vento enorme de todo o ser soprando ele pra junto dos companheiros, ficar lá na conversa, quem sabe? trabalhar... E quando a mãe lhe pôs aquela esplêndida macarronada celebrante sobre a mesa, o 35 foi pra se queixar "Estou sem fome, mãe". Mas a voz lhe morreu na garganta.

Não eram bem treze horas e já o 35 desembocava no parque Pedro II outra vez, à vista do Palácio das Indústrias. Estava inquieto mas modorrento[31], que diabo de sol pesado que acaba com a gente, era por causa do sol. Não podia mais se recusar o estado de infelicidade, a solidão enorme, sentida com vigor. Por sinal que o parque já se mexia bem agitado. Dezenas de operários, se via, eram operários endomingados[32], vagueavam por ali, indecisos, ar de quem não quer. Então nas proximidades do palácio, os grupos se apinhavam[33], conversando baixo, com melancolia de conspiração. Polícias por todo lado.

---

[29] Insofismável: que não pode ser falsificado, indiscutível
[30] Cerrado: fechado, apertado
[31] Modorrento: sonolento
[32] Endomingados: bem vestidos
[33] Apinhavam: ajuntavam

O 35 topou com o 486, grilo[34] quase amigo, que policiava na Estação da Luz. O 486 achara jeito de não trabalhar aquele dia porque se pensava anarquista, mas no fundo era covarde. Conversaram um pouco de entusiasmo semostradeiro[35], um pouco de Primeiro de Maio, um pouco de "motim". O 486 era muito valentão de boca, o 35 pensou. Pararam bem na frente do Palácio das Indústrias que fagulhava[36] de gente nas sacadas, se via que não eram operários, decerto os deputados trabalhistas, havia até moças, se via que eram distintas, todos olhando para o lado do parque onde eles estavam.

Foi uma nova sensação tão desagradável que ele deu de andar quase fugindo, polícias, centenas de polícias, moderou o passo como quem passeia. Nas ruas que davam pro parque tinha cavalarias aos grupos, cinco, seis, escondidos na esquina, querendo a discrição de não ostentar força e ostentando. Os grilos ainda não faziam mal, são uns (palavrão)! O palácio dava ideia duma fortaleza enfeitada, entrar lá dentro, eu!... O 486 então, exaltadíssimo, descrevia coisas piores, massacres horrendos de "proletários" lá dentro, descrevia tudo com a visibilidade dos medrosos, o pátio fechado, dez mil proletários no pátio e os polícias lá em cima nas janelas, fazendo pontaria na maciota[37].

Mas foi só quando aqueles três homens bem vestidos, se via que não eram operários, se dirigindo aos grupos vagueantes[38], falaram pra eles em voz alta:

"Podem entrar! não tenham vergonha! podem entrar!" com voz de mandando assim na gente... O 35 sentiu medo

---

[34] Grilo: guarda de trânsito (SP)
[35] Semostradeiro: que gosta de se exibir
[36] Fagulhava: brilhava, faiscava
[37] Na maciota: sem esforço
[38] Vagueantes: que se movem sem rumo

franco[39]. Entrar ele! Fez como os outros operários: era impossível assim soltos, desobedecer aos três homens bem vestidos, com voz mandando, se via que não eram operários.

Foram todos obedecendo, se aproximando das escadarias, mas o maior número longe da vista dos três homens, torcia caminho, iam se espalhar pelas outras alamedas do parque, mais longe.

Esses movimentos coletivos de recusa, acordaram a covardia do 35. Não era medo, que ele se sentia fortíssimo, era pânico. Era um puxar[40] unânime[41], uma fraternidade, era carícia dolorosa por todos aqueles companheiros fortes tão fracos que estavam ali também pra... pra celebrar? pra... O 35 não sabia mais pra quê. Mas o palácio era grandioso por demais com as torres e as esculturas, mas aquela porção de gente bem vestida nas escadas enxergando ele (teve a intuição violenta de que estava ridiculamente vestido), mas o enclausuramento[42] na casa fechada, sem espaço de liberdade, sem ruas abertas pra avançar, pra correr dos cavalarias, pra... E os polícias na maciota, encarapitados[43] nas janelas, dormindo na pontaria, teve ódio do 486, idiota medroso! De repente o 35 pensou que ele era moço, precisava se sacrificar: se fizesse um modo bem visível de entrar sem medo no palácio, todos haviam de seguir o exemplo dele. Pensou, não fez. Estava tão opresso[44], se desfibrara[45] tão rebaixado naquela mascarada de socialismo, naquela desorganização trágica, o 35 ficou desolado duma vez. Tinha piedade, tinha amor,

---

[39] Franco: sincero, verdadeiro
[40] Puxar: força para movimentar algo
[41] Unânime: geral, comum a todos
[42] Enclausuramento: isolamento
[43] Encarapitados: empoleirados, colocados no alto
[44] Opresso: oprimido
[45] Desfibrara: perdera o ânimo

tinha fraternidade, e era só. Era uma sarça ardente[46], mas era sentimento só. Um sentimento profundíssimo, queimando, maravilhoso, mas desamparado, mas desamparado. Nisto vieram uns cavalarias, falando garantidos:

– Aqui ninguém não fica não! a festa é lá dentro, me'rmão[47]! no parque ninguém não pára não!

Cabeças-chatas[48]... E os grupos deram de andar outra vez, de cá para lá, riscando no parque vasto, com vontade, com medo, falando baixinho, mastigando incerteza. Deu um ódio tal no 35, um desespero tamanho, passava um bonde, correu, tomou o bonde sem se despedir do 486, com ódio do 486, com ódio do Primeiro de Maio, quase com ódio de viver. O bonde subia para o centro mais uma vez. Os relógios marcavam quatorze horas, decerto a celebração estava principiando, quis voltar, dava muito tempo, três minutos pra descer a ladeira, teve fome. Não é que tivesse fome, porém o 35 carecia de arranjar uma ocupação senão arrebentava. E ficou parado assim, mais de uma hora, mais de duas horas, no largo da Sé, diz-que olhando a multidão.

Acabara por completo a angústia. Não pensava, não sentia mais nada. Uma vagueza[49] cruciante[50], nem bem sentida, nem bem vivida, inexistência fraudulenta[51], cínica[52], enquanto o Primeiro de Maio passava. A mulher de encarnado[53] foi apenas o que lhe trouxe de novo à lembrança a moça do apar-

---

[46] Sarça ardente: arbusto em chamas (referência bíblica)
[47] Me'rmão: meu irmão
[48] Cabeças-chatas: pejorativo usado para designar os nordestinos, especialmente os cearenses
[49] Vagueza: vazio
[50] Cruciante: que atormenta
[51] Fraudulenta: enganadora
[52] Cínica: sem escrúpulos
[53] Encarnado: vermelho

tamento, mas nunca que ele fosse até lá, não havia pretexto, na certa que ela não estava sozinha. Nada. Havia uma paz, que paz sem cor por dentro... Pelas dezessete horas era fome, agora sim, era fome. Reconheceu que não almoçara quase nada, era fome, e principiou enxergando o mundo outra vez. A multidão já se esvaziava, desapontada, porque não houvera nem uma briguinha, nem uma correria no largo da Sé, como se esperava. Tinha claros bem largos, onde os grupos dos polícias resplandeciam mais. As outras ruas do centro, essas então quase totalmente desertas. Os cafés, já sabe, tinham fechado, com o pretexto magnânimo[54] de dar feriado aos seus "proletários" também.

E o 35 inerme[55], passivo, tão criança, tão já experiente da vida, não cultivou vaidade mais: foi se dirigindo num passo arrastado para a Estação da Luz, pra os companheiros dele, esse era o domínio dele. Lá no bairro os cafés continuavam abertos, entrou num, tomou duas médias, comeu bastante pão com manteiga, exigiu mais manteiga, tinha um fraco por manteiga, não se amolava de pagar o excedente, gastou dinheiro, queria gastar dinheiro, queria perceber que estava gastando dinheiro, comprou uma maçã bem rubra, oitocentão[56]! Foi comendo com prazer até os companheiros. Eles se ajuntaram, agora sérios, curiosos, meio inquietos, perguntando pra ele. Teve um instinto voluptuoso[57] de mentir, contar como fora a celebração, se enfeitar, mas fez um gesto só, (palavrão), cuspindo um muxoxo[58] de desdém[59] pra tudo.

---

[54] Magnânimo: generoso
[55] Inerme: indefeso
[56] Oitocentão: oitenta centavos
[57] Voluptuoso: prazeroso, sensual
[58] Muxoxo: resmungo e torção da boca expressando desprezo, pouco caso
[59] Desdém: desprezo

Chegava um trem e os carregadores se dispersaram, agora rivais, colhendo carregos em porfia[60]. O 35 encostou na parede, indiferente, catando com dentadinhas cuidadosas os restos da maçã, junto aos caroços. Sentia-se cômodo, tudo era conhecido velho, os choferes, os viajantes. Surgiu um farrancho[61] que chamou o 22. Foram subir no automóvel mas afinal, depois de muita gritaria, acabaram reconhecendo que tudo não cabia no carro. Era a mãe, eram as duas velhas, cinco meninos repartidos pelos colos e o marido. Tudo falando: "Assim não serve não! As malas não vão não!" Aí o chofer garantiu enérgico que as malas não levava, mas as maletas elas "não largavam não", só as malas grandes que eram quatro. Deixaram elas com o 22, gritaram a direção e partiram na gritaria. Mais cabeça-chata, o 35 imaginou com muita aceitação.

O 22 era velhote. Ficou na beira da calçada com aquelas quatro malas pesadíssimas, preparou a correia, mas coçou a cabeça.

– Deixe que te ajudo, chegou o 35.

E foi logo escolhendo as duas malas maiores, que ergueu numa só mão, num esforço satisfeito de músculos. O 22 olhou pra ele, feroz, imaginando que 35 propunha rachar o galho[62]. Mas o 35 deu um soco só de pândega[63] no velhote, que estremeceu socado e cambaleou três passos. Caíram na risada os dois. Foram andando.

(1934-1942)

---

[60] Em porfia: em disputa
[61] Farrancho: reunião de pessoas para romaria
[62] Rachar o galho: dividir o ganho
[63] Pândega: brincadeira

O POÇO

Ali pelas onze horas da manhã o velho Joaquim Prestes chegou no pesqueiro.

Embora fizesse força em se mostrar amável por causa da visita convidada para a pescaria, vinha mal-humorado daquelas cinco léguas de fordinho[1] cabritando[2] na estrada péssima. Aliás o fazendeiro era de pouco riso mesmo, já endurecido por setenta e cinco anos que o mumificavam naquele esqueleto agudo e taciturno.

O fato é que estourara na zona a mania dos fazendeiros ricos adquirirem terrenos na barranca do Mogi pra pesqueiros de estimação. Joaquim Prestes fora dos que inventaram a moda, como sempre: homem cioso[3] de suas iniciativas, meio cultivando uma vaidade de família – gente escoteira[4] por aqueles campos altos, desbravadora de terras. Agora Joaquim Prestes desbravava pesqueiros na barranca fácil do Mogi. Não tivera que construir a riqueza com a mão, dono

---

[1] Fordinho: automóvel
[2] Cabritando: saltando como cabrito
[3] Cioso: zeloso, ciumento
[4] Escoteira: sozinha, desacompanhada

de fazendas desde o nascer, reconhecido como chefe, novo ainda. Bem rico, viajado, meio sem quefazer, desbravava outros matos.

Fora o introdutor do automóvel naquelas estradas, e se o município agora se orgulhava de ser um dos maiores produtores de mel, o devia ao velho Joaquim Prestes, primeiro a se lembrar de criar abelhas ali. Falando o alemão (uma das suas "iniciativas" goradas[5] na zona) tinha uma verdadeira biblioteca sobre abelhas. Joaquim Prestes era assim. Caprichosíssimo, mais cioso de mando que de justiça, tinha a idolatria[6] da autoridade. Pra comprar o seu primeiro carro fora à Europa, naqueles tempos em que os automóveis eram mais europeus que americanos. Viera uma "autoridade" no assunto. E o mesmo com as abelhas de que sabia tudo. Um tempo até lhe dera de reeducar as abelhas nacionais, essas "porcas" que misturavam o mel com a samora[7]. Gastou anos e dinheiro bom nisso, inventou ninhos artificiais, cruzou as raças, até fez vir umas abelhas amazônicas. Mas se mandava nos homens e todos obedeciam, se viu obrigado a obedecer às abelhas que não se educaram um isto[8]. E agora que ninguém falasse perto dele numa inocente jeteí[9], Joaquim Prestes xingava. Tempo de florada no cafezal ou nas fruteiras do pomar maravilhoso, nunca mais foi feliz. Lhe amargavam penosamente aquelas mandassaias, mandaguaris, bijuris[10] que vinham lhe roubar o mel da *Apis Mellifica*[11].

---

5   Goradas: fracassadas, malogradas
6   Idolatria: admiração exagerada
7   Samora: resíduo do pólen das abelhas
8   Um isto: nem um pouco, nada
9   Jeteí: tipo de abelha
10   Mandassaias, mandaguaris, bijuris: tipos de abelhas
11   *Apis Mellifica* (lat.): abelha para produção de mel

E tudo o que Joaquim Prestes fazia, fazia bem. Automóveis tinha três. Aquela marmon[12] de luxo pra o levar da fazenda à cidade, em compras e visitas. Mas como fosse um bocado estreita para que coubessem à vontade, na frente, ele choferando[13] e a mulher que era gorda (a mulher não podia ir atrás com o mecânico, nem este na frente e ela atrás) mandou fazer uma "rolls-royce"[14] de encomenda, com dois assentos na frente que pareciam poltronas de hol[15], mais de cem contos[16]. E agora, por causa do pesqueiro e da estrada nova, comprara o fordinho cabritante, todo dia quebrava alguma peça, que o deixava de mau humor.

Que outro fazendeiro se lembrara mais disso! Pois o velho Joaquim Prestes dera pra construir no pesqueiro uma casa de verdade, de tijolo e telha, embora não imaginasse passar mais que o claro do dia ali, de medo da maleita[17]. Mas podia querer descansar. E era quase uma casa-grande se erguendo, quarto do patrão, quarto pra algum convidado, a sala vasta, o terraço telado, tela por toda a parte pra evitar pernilongos. Só desistiu da água encanada porque ficava um dinheirão. Mas a casinha[18], por detrás do bangalô[19], até era luxo toda de madeira aplainada, pintadinha de verde pra confundir com os mamoeiros, os porcos de raça por baixo (isso de fossa nunca!) e o vaso de esmalte e tampa. Numa parte destacada do terreno, já pastavam no capim novo

---

[12] Marmon: carro de luxo americano
[13] Choferando: dirigindo o automóvel
[14] Rolls-Royce: um dos carros mais caros do mundo, produzido na Inglaterra
[15] Hol (ingl. *hall*): vestíbulo, saguão
[16] Cem contos: cem mil réis (antiga unidade monetária)
[17] Maleita: malária; doença transmitida por um tipo de mosquito
[18] Casinha: latrina; compartimento fechado, dotado de vaso sanitário e assentado sobre uma fossa
[19] Bangalô: casa de campo de madeira, circundada por varandas

quatro vacas e o marido, na espera de que alguém quisesse beber um leitezinho caracu[20]. E agora que a casa estava quase pronta, sua horta folhuda e uns girassóis na frente, Joaquim Prestes não se contentara mais com a água da geladeira, trazida sempre no forde em dois termos[21] gordos, mandara abrir um poço.

Quem abria era gente da fazenda mesmo, desses camaradas que entendem um pouco de tudo. Joaquim Prestes era assim. Tinha dez chapéus estrangeiros, até um panamá[22] de conto de réis, mas as meias, só usava meias feitas pela mulher, "pra economizar" afirmava. Afora aqueles quatro operários ali, que cavavam o poço, havia mais dois que lá estavam trabucando[23] no acabamento da casa, as marteladas monótonas chegavam até à fogueira. E todos muito descontentes, rapazes de zona rica e bem servida de progresso, jogados ali na ceva[24] da maleita. Obedeceram, mandados, mas corroídos de irritação.

Só quem estava maginando que enfim se arranjara na vida era o vigia, esse caipira da gema, bagre sorna[25] dos alagados do rio, maleiteiro eterno a viola e rapadura, mais a mulher e cinco famílias[26] enfezadas[27]. Esse agora, se quisesse tinha leite, tinha ovos de legornes[28] finas e horta de semente[29]. Mas lhe bastava imaginar que tinha. Continuava feijão com farinha, e a carne-seca do domingo.

---

[20] Caracu: raça bovina de pelo liso, castanho-avermelhado
[21] Termos: garrafas térmicas
[22] Panamá: chapéu feito de palha fina e flexível
[23] Trabucando: trabalhando com grande energia
[24] Ceva: local onde se prendem os animais para a engorda
[25] Sorna: lento, preguiçoso
[26] Famílias: filhos
[27] Enfezadas: raquíticas, que não se desenvolveram
[28] Legornes: galinhas poedeiras da raça legorne
[29] Horta de semente: horta formada a partir de sementes e não de mudas

Batera um frio terrível esse fim de julho, bem diferente dos invernos daquela zona paulista, sempre bem secos nos dias claros e solares, e as noites de uma nitidez sublime, perfeitas pra quem pode dormir no quente. Mas aquele ano umas chuvas diluviais[30] alagavam tudo, o couro das carteiras embolorava no bolso e o café apodrecia no chão.

No pesqueiro o frio se tornara feroz, lavado daquela umidade maligna que, além de peixe, era só o que o rio sabia dar. Joaquim Prestes e a visita foram se chegando pra fogueira dos camaradas, que logo levantaram, machucando[31] chapéu na mão, bom-dia, bom-dia. Joaquim tirou o relógio do bolso, com muita calma, examinou bem que horas eram.

Sem censura aparente, perguntou aos camaradas se ainda não tinham ido trabalhar.

Os camaradas responderam que já tinham sim, mas que com aquele tempo quem aguentava permanecer dentro do poço continuando a perfuração! Tinham ido fazer outra coisa, dando uma mão no acabamento da casa.

– Não trouxe vocês aqui pra fazer casa.

Mas que agora estavam terminando o café do meio-dia. Espaçavam as frases, desapontados, principiando a não saber nem como ficar de pé. Havia silêncios desagradáveis. Mas o velho Joaquim Prestes impassível, esperando mais explicações, sem dar sinal de compreender nem de desculpar ninguém. Tinha um era o mais calmo, mulato desempenado[32], fortíssimo, bem escuro na cor. Ainda nem falara. Mas foi esse que acabou inventando um jeito humilhante de disfarçar a culpa inexistente, botando um pouco de felicidade no dono. De repente contou que agora ainda ficara mais penoso o trabalho

---

[30] Diluviais: abundantes
[31] Machucando: amassando, amarrotando
[32] Desempenado: aprumado, ereto

porque enfim já estava minando[33] água. Joaquim Prestes ficou satisfeito, era visível, e todos suspiraram de alívio.

– Mina muito?

– A água vem de com força, sim senhor.

– Mas percisa cavar mais.

– Quanto chega?

– Quer dizer, por enquanto dá pra uns dois palmo[34].

– Parmo e meio, Zé.

O mulato virou contrariado para o que falara, um rapaz branco, enfezadinho, cor de doente.

– Ocê marcou, mano...

– Marquei sim.

– Então com mais dois dias de trabalho tenho água suficiente.

Os camaradas se entreolharam. Ainda foi o José quem falou:

– Quer dizer... a gente nem não sabe, tá uma lama... O poço tá fundo, só o mano que é leviano[35] pode descer ...

– Quanto mede?

– Quarenta e cinco palmo.

– Papagaio![36] escapou da boca de Joaquim Prestes. Mas ficou muito mudo, na reflexão. Percebia-se que ele estava lá dentro consigo, decidindo uma lei. Depois meio que largou de pensar, dando todo o cuidado lento em fazer o cigarro de palha com perfeição. Os camaradas esperavam, naquele silêncio que os desprezava, era insuportável quase. O rapaz não conseguiu se aguentar mais, como que se sentia culpado de ser mais leve que os outros. Arrancou:

---

[33] Minando: deixando sair (líquido)
[34] Palmo, parmo (reg): medida de comprimento correspondente a 22 cm
[35] Leviano: de pouco peso, leve
[36] Papagaio: expressão de espanto, assombro

– Por minha causa não, Zé, que eu desço bem.

José tornou a se virar com olhos enraivecidos pro irmão. Ia falar, mas se conteve enquanto outro tomava a dianteira.

– Então ocê vai ficar naquela dureza de trabalho com essa umidade!

– Se a gente pudesse revezar inda que bem... murmurou o quarto, também regularmente leviano de corpo mas nada disposto a se sacrificar. E decidiu:

– Com essa chuvarada a terra tá mole demais, e se afunda! ... Deus te livre...

Aí José não pôde mais adiar o pressentimento que o invadia e protegeu o mano:

– 'cê besta[37], mano! e sua doença!...

A doença, não se falava o nome. O médico achara que o Albino estava fraco do peito. Isso de um ser mulato e o outro branco, o pai espanhol primeiro se amigara com uma preta do litoral, e quando ela morrera, mudara de gosto, viera pra zona da Paulista casar com moça branca. Mas a mulher morrera dando à luz o Albino, e o espanhol, gostando mesmo de variar, se casara mas com a cachaça. José, taludinho[38], inda aguentou- -se bem na orfandade, mas o Albino, tratado só quando as colonas[39] vizinhas lembravam, Albino comeu terra[40], teve tifo, escarlatina, desinteria, sarampo, tosse comprida[41]. Cada ano era uma doença nova, e o pai até esbravejava nos janeiros: "Que enfermedade le falta, caramba!"[42] e bebia mais. Até que desapareceu pra sempre.

---

[37] 'Cê besta: você é besta, pouco inteligente
[38] Taludinho: bem desenvolvido
[39] Colonas: lavradoras, empregadas das fazendas nas quais residem
[40] Comeu terra: hábito de quem sofre de deficiência de ferro no sangue
[41] Tifo, escarlatina, desinteria, sarampo, tosse comprida: doenças infecciosas
[42] "Que enfermedade le falta, caramba!": Que enfermidade lhe falta, caramba!, numa mistura de português e espanhol

Albino, nem que fosse pra demonstrar a afirmativa do irmão, teve um acesso forte de tosse. E Joaquim Prestes:

– Inda tem um poucadinho, sim sinhô.

Joaquim Prestes mesmo comprava o remédio do Albino e dava, sem descontar no ordenado. Uma vidraça que o rapaz quebrara, o fazendeiro descontou os três mil e quinhentos do custo. Porém montava na marmon, dava um pulo até a cidade só pra comprar aquele fortificante estrangeiro, "um dinheirão!" resmungava. E eram mesmo dezoito mil-réis.

Com a direção da conversa, os camaradas perceberam que tudo se arranjava pelo milhor. Um comentou:

– Não vê que a gente está vendo si o sol vem e seca um pouco, mode[43] o Albino descer no poço.

Albino, se sentindo humilhado nessa condição de doente, repetiu agressivo:

– Por isso não que eu desço bem! já falei ...

José foi pra dizer qualquer coisa mas sobresteve[44] o impulso, olhou o mano com ódio. Joaquim Prestes afirmou:

– O sol hoje não sai.

O frio estava por demais. O café queimando, servido pela mulher do vigia, não reconfortava nada, a umidade corroía os ossos. O ar sombrio fechava os corações. Nenhum passarinho voava, quando muito algum pio magoado vinha botar mais tristeza no dia. Mal se enxergava o aclive[45] da barranca, o rio não se enxergava. Era aquele arminho[46] sujo da névoa, que assim de longe parecia intransponível.

A afirmação do fazendeiro trouxera de novo um som apreensivo no ambiente. Quem concordou com ele foi o vigia

---

[43] Mode: em razão de, por motivo de
[44] Sobresteve: parou, suspendeu, sustou
[45] Aclive: subida, ladeira (considerada de baixo para cima)
[46] Arminho: coisa macia, delicada

chegando. Só tocou de leve no chapéu, foi esfregar forte as mãos, rumor de lixa, em cima do fogo. Afirmou baixo, com voz taciturna de afeiçoado àquele clima ruim:

– Peixe hoje não dá.

Houve silêncio. Enfim o patrão, o busto dele foi se erguendo impressionantemente agudo, se endireitou rijo e todos perceberam que ele decidira tudo. Com má vontade, sem olhar os camaradas, ordenou:

– Bem... é continuar todos na casa, vocês estão ganhando. A última reflexão do fazendeiro pretendera ser cordial. Mas fora navalhante[47]. Até a visita se sentiu ferida. Os camaradas mais que depressa debandaram, mas Joaquim Prestes:

– Você me acompanhe, Albino, quero ver o poço.

Ainda ficou ali dando umas ordens. Havia de tentar uma rodada assim mesmo. Afinal jogou o toco do cigarro na fogueira, e com a visita se dirigiu para a elevação a uns vinte metros da casa, onde ficava o poço.

Albino já estava lá, com muito cuidado retirando as tábuas que cobriam a abertura. Joaquim Prestes, nem mesmo durante a construção, queria que caíssem "coisas" na água futura que ele iria beber. Afinal ficaram só aquelas tábuas largas, longas, de Cabreúva[48], protegendo a terra do rebordo[49] do perigo de esbarrondar[50]. E mais aquele aparelho primário, que "não era o elegante, definitivo". Joaquim Prestes foi logo explicando à visita, servindo por agora pra descer os operários no poço e trazer terra.

– Não pise aí. nhô Prestes! Albino gritou com susto.

---

[47] Navalhante: cortante como navalha
[48] Cabreúva: árvore de madeira nobre
[49] Rebordo: borda voltada para fora
[50] Esbarrondar: desmoronar, esboroar

Mas Joaquim Prestes queria ver a água dele. Com mais cuidado, se acocorou numa das tábuas do rebordo e firmando bem as mãos em duas outras que atravessavam a boca do poço e serviam apenas pra descanso da caçamba[51], avançou o corpo pra espiar. As tábuas abaularam[52]. Só o viram fazer o movimento angustiado, gritou:

– Minha caneta!

Se ergueu com rompante[53] e sem mesmo cuidar de sair daquela bocarra traiçoeira, olhou os companheiros, indignado:

– Essa é boa!... Eu é que não posso ficar sem a minha caneta-tinteiro[54]! Agora vocês hão de ter paciência, mas ficar sem minha caneta é que eu não posso! têm que descer lá dentro buscar! Chame os outros, Albino! e depressa! que com o barro revolvido como está, a caneta vai afundando!

Albino foi correndo. Os camaradas vieram imediatamente, solícitos, ninguém sequer lembrava mais de fazer corpo mole nem nada. Pra eles era evidente que a caneta-tinteiro do dono não podia ficar lá dentro. Albino já tirava os sapatões e a roupa. Ficou nu num átimo[55] da cintura pra cima, arregaçou a calça. E tudo, num átimo, estava pronto, a corda com o nó grosso pro rapaz firmar os pés, afundando na escureza do buraco. José mais outro, firmes, seguravam o cambito[56]. Albino com rapidez pegou na corda, se agarrou nela, balanceando no ar. José olhava, atento:

– Cuidado, mano...

– Vira.

---

[51] Caçamba: balde amarrado a uma corda, usado para tirar água de poço
[52] Abaularam: arquearam-se, tornaram-se curvas
[53] Com rompante: repentinamente, impetuosamente
[54] Caneta-tinteiro: caneta com reservatório de tinta em seu corpo
[55] Átimo: instante
[56] Cambito: pedaço roliço de madeira, usado para torcer ou apertar correias ou cordas

– Albino...

– Nhô?

– ... veja si fica na corda pra não pisar na caneta. Passe a mão de leve no barro...

– Então é melhor botar um pau na corda pra fincar os pés.

– Qual, mano! vira isso logo!

José e o companheiro viraram o cambito, Albino desapareceu no poço.

O sarilho[57] gemeu, e à medida que a corda se desenrolava o gemido foi aumentando, aumentando, até que se tornou num uivo lancinante[58]. Todos estavam atentos, até que se escutou o grito de aviso do Albino, chegado apenas uma queixa até o grupo. José parou o manejo e fincou o busto no cambito.

Era esperar, todos imóveis. Joaquim Prestes, mesmo o outro camarada espiavam, meio esquecidos do perigo da terra do rebordo esbarrondar. Passou um minuto, passou mais outro minuto, estava desagradabilíssimo. Passou mais tempo, José não se conteve. Segurando firme só com a mão direita o cambito, os músculos saltaram no braço magnífico, se inclinou quanto pôde na beira do poço:

– Achooooou!

Nada de resposta.

– Achou, manoooo!...

Ainda uns segundos. A visita não aguentara mais aquela angústia, se afastara com o pretexto de passear. Aquela voz de poço, um tom surdo[59], ironicamente macia que chegava aqui em cima em qualquer coisa parecia com um "não". Os minutos passavam, ninguém mais se aguentava na impaciência. Albino

---

[57] Sarilho: cilindro horizontal, acionado por manivela, no qual se enrolam cordas usadas para levantar grande peso

[58] Lancinante: pungente, doloroso

[59] Tom surdo: que quase não se ouve

havia de estar perdendo as forças, grudado naquela corda, de cócoras[60], passando a mão na lama coberta de água.

– José...

– Nhô. Mas atentando onde o velho estava, sem mesmo esperar a ordem, José asperejou[61] com o patrão: – Por favor, nhô Joaquim Prestes, sai daí, terra tá solta! Joaquim Prestes se afastou de má vontade. Depois continuou:

– Grite pro Albino que pise na lama, mas que pise num lugar só. José mais que depressa deu a ordem. A corda bambeou. E agora, aliviados, os operários entreconversavam. O magruço[62], que sabia ler no jornal da vendinha da estação, deu de falar, o idiota, no caso do "Soterrado de Campinas". O outro se confessou pessimista, mas pouco, pra não desagradar o patrão. José mudo, cabeça baixa, olho fincado no chão, muito pensando. Mas a experiência de todos ali, sabia mesmo que a caneta-tinteiro se metera pelo barro mole e que primeiro era preciso esgotar a água do poço. José ergueu a cabeça, decidido:

– Assim não vai não, nhô Joaquim Prestes, percisa secar o poço.

Aí Joaquim Prestes concordou. Gritaram ao Albino que subisse. Ele ainda insistiu uns minutos. Todos esperavam em silêncio, irritados com aquela teima do Albino. A corda sacudiu, chamando. José mais que depressa agarrou o cambito e gritou:

– Pronto!

A corda enrijou[63] retesada[64]. Mesmo sem esperar que o outro operário o ajudasse, José com músculos de amor virou

---

[60] De cócoras: agachado
[61] Asperejou: repreendeu com violência
[62] Magruço: magricela
[63] Enrijou: tornou-se dura, rígida
[64] Retesada: esticada

sozinho o sarilho. A mola deu aquele uivo esganado[65], assim virada rápido, e veio uivando, gemendo.

– Vocês me engraxem isso, que diabo!

Só quando Albino surgiu na boca do poço o sarilho parou de gemer. O rapaz estava que era um monstro de lama. Pulou na terra firme e tropeçou três passos, meio tonto. Baixou muito a cabeça sacudida com estertor[66] purrr[67]! Agitava as mãos, os braços, pernas, num halo[68] de lama pesada que caía aos ploques[69] no chão. Deu aquele disfarce pra não desapontar:

– Puta-frio!

Foi vestindo, sujo mesmo, com ânsia, a camisa, o pulôver esburacado, o paletó. José foi buscar o seu próprio paletó, o botou silencioso na costinha do irmão. Albino o olhou, deu um sorriso quase alvar[70] de gratidão. Num gesto feminino, feliz, se encolheu dentro da roupa, gostando.

Joaquim Prestes estava numa exasperação[71] terrível, isso via-se. Nem cuidava de disfarçar para a visita. O caipira viera falando que a mulher mandava dizer que o almoço do patrão estava pronto. Disse um "Já vou" duro, continuando a escutar os operários. O magruço lembrou buscarem na cidade um poceiro[72] de profissão. Joaquim Prestes estrilou[73]. Não estava pra pagar poceiro por causa duma coisa à toa! que eles estavam com má vontade de trabalhar! esgotar poço de pouca água não

---

[65] Esganado: sufocado
[66] Estertor: agonia
[67] Purrr: onomatopeia sugestiva do som produzido pelo movimento da cabeça
[68] Halo: brilho que emana de alguém
[69] Ploques: onomatopeia imitativa do som das pelotas de barro caindo no chão
[70] Alvar: boçal, tolo
[71] Exasperação: irritação, exaltação
[72] Poceiro: cavador de poços
[73] Estrilou: zangou-se, enfureceu-se

era nenhuma áfrica[74]. Os homens acharam ruim, imaginando que o patrão os tratara de negros. Se tomaram dum orgulho machucado. E foi o próprio magro, mais independente, quem fixou José bem nos olhos, animando o mais forte, e meio que perguntou, meio que decidiu:

– Bamo!...

Imediatamente se puseram nos preparos, buscando o balde, trocando as tábuas atravessadas por outras que aguentassem peso de homem. Joaquim Prestes e a visita foram almoçar. Almoço grave, apesar do gosto farto do dourado[75]. Joaquim Prestes estava árido. Dera nele aquela decisão primária, absoluta de reaver a caneta-tinteiro hoje mesmo. Pra ele, honra, dignidade, autoridade não tinha gradação, era uma só: tanto estava no custear a mulher da gente como em reaver a caneta-tinteiro. Duas vezes a visita, com ares de quem não sabe perguntou sobre o poceiro da cidade. Mas só o forde podia ir buscar o homem e Joaquim Prestes, agora que o vigia afirmara que não dava peixe, tinha embirrado[76], havia de mostrar que, no pesqueiro dele, dava. Depois que diabo! os camaradas haviam de secar o poço, uns palermas! Estava numa cólera desesperada. Botando a culpa nos operários, Joaquim Prestes como que distrai a culpa de fazê-los trabalhar injustamente.

Depois do almoço chamou a mulher do vigia, mandou levar café aos homens, porém que fosse bem quente. Perguntou se não havia pinga. Não havia mais, acabara com a friagem daqueles dias. Deu de ombros. Hesitou. Ainda meio que ergueu os olhos pra visita, consultando. Acabou pedindo desculpa, ia dar uma chegadinha até o poço pra ver o que os camaradas andavam fazendo. E não se falou mais em pescaria.

---

[74] África: proeza, façanha
[75] Dourado: peixe de água doce
[76] Embirrado: teimado, obstinado

Tudo trabalhava na afobação. Um descia o balde. Outro, com empuxões[77] fortes na corda, afinal conseguia deitar o balde lá no fundo pra água entrar nele. E quando o balde voltava, depois de parar tempo lá dentro, vinha cheio apenas pelo terço, quase só lama. Passava de mão em mão pra ser esvaziado longe e a água não se infiltrar pelo terreno do rebordo. Joaquim Prestes perguntou se a água já diminuíra. Houve um silêncio emburrado dos trabalhadores. Afinal um falou com rompante:

– Quá![78]...

Joaquim Prestes ficou ali, imóvel, guardando o trabalho. E ainda foi o próprio Albino, mais servil, quem inventou:

– Se tivesse duas caçamba...

Os camaradas se sobressaltaram, inquietos, se entreolhando. E aquele peste de vigia lembrou que a mulher tinha uma caçamba em casa, foi buscar. O magruço, ainda mais inquieto que os outros, afiançou[79]:

– Nem com duas caçambas não vai não! é lama por demais! tá minando muito...

Aí o José saiu do seu silêncio torvo[80] pra pôr as coisas às claras:

– De mais a mais, duas caçamba percisa ter gente lá dentro, Albino não desce mais.

– Que que tem, Zé! deixa de história! Albino meio que estourou.

De resto o dia aquentara um bocado, sempre escuro, nuvens de chumbo tomando o céu todo. Nenhum pássaro. Mas a brisa caíra por volta das treze horas, e o ar curto deixava o

---

[77] Empuxões: puxões, repelões
[78] Quá: forma reduzida de "qual o quê!", expressão que indica espanto, incredulidade
[79] Afiançou: garantiu, assegurou
[80] Torvo: indignado, ameaçador

trabalho aquecer os corpos movidos. José se virara com tanta indignação para o mano, todos viram: mesmo com desrespeito pelo velho Joaquim Prestes, o Albino ia tomar com um daqueles cachações[81] que apanhava quando pegado no truco[82] ou na pinga. O magruço resolveu se sacrificar, evitando mais aborrecimento. Interferiu rápido:

– Nós dois se reveza, José! Desta eu que vou.

O mulato sacudiu a cabeça, desesperado, engolindo raiva. A caçamba chegava e todos se atiraram aos preparativos novos. O velho Joaquim Prestes ali, mudo, imóvel. Apenas de vez em quando aquele jeito lento de tirar o relógio e consultar a claridade do dia, que era feito uma censura tirânica[83], pondo vergonha, quase remorso naqueles homens.

E o trabalho continuava infrutífero, sem cessar. Albino ficava o quanto podia lá dentro, e as caçambas, lentas, naquele exasperante ir e vir. E agora o sarilho deu de gritar tanto que foi preciso botar graxa nele, não se suportava aquilo. Joaquim Prestes mudo, olhando aquela boca de poço. E quando Albino não se aguentava mais o outro magruço o revezava. Mas este depois da primeira viagem, se tomara dum medo tal, se fazia lerdo de propósito, e era recomendações a todos, tinha exigências. Já por duas vezes falara em cachaça.

Então o vigia lembrou que o japonês da outra margem tinha cachaça à venda. Dava uma chegadinha lá, que o homem também sempre tinha algum trairão[84] de rede, pegado na lagoa.

Aí Joaquim Prestes se destemperou[85] por completo. Ele bem que estava percebendo a má vontade de todos. Cada vez

---

[81] Cachações: pescoções, pancadas no pescoço
[82] Truco: jogo de cartas de baralho
[83] Tirânica: opressiva
[84] Trairão (aumentativo de traíra): peixe de água doce
[85] Destemperou: exaltou, perdeu a cabeça

que o magruço tinha que descer eram cinco minutos, dez, mamparreando[86], se despia lento. Pois até não se lembrara de ir na casinha e foi aquela espera insuportável pra ninguém! (E o certo é que a água minava mais forte agora, livre da muita lama. O dia passava. E uma vez que o Albino subiu, até, contra o jeito dele, veio irritado, porque achara o poço na mesma.) Joaquim Prestes berrava, fulo de raiva. O vigia que fosse tratar das vacas, deixasse de invencionice! Não pagava cachaça pra ninguém não, seus imprestáveis! Não estava pra alimentar manha de cachaceiro!

Os camaradas, de golpe, olharam todos o patrão, tomados de insulto, feridíssimos, já muito sem paciência mais. Porém Joaquim Prestes ainda insistia, olhando o magruço:

– É isso mesmo!... Cachaceiro!... Dispa-se mais depressa! cumpra o seu dever!...

E o rapaz não aguentou o olhar cutilante[87] do patrão, baixou a cabeça, foi se despindo. Mas ficara ainda mais lerdo, ruminando uma revolta inconsciente, que escapava na respiração precipitada, silvando[88] surda pelo nariz. A visita percebendo o perigo, interveio. Fazia gosto de levar um pescado à mulher, se o fazendeiro permitisse, ele dava um pulo com o vigia lá no tal de japonês. E irritado fizera um sinal ao caipira. Se fora, fugindo daquilo, sem mesmo esperar o assentimento de Joaquim Prestes. Este mal encolheu os ombros, de novo imóvel, olhando o trabalho do poço.

Quando mais ou menos uma hora depois, a visita voltou ao poço outra vez, trazia afobada uma garrafa de caninha. Foi oferecendo com felicidade aos camaradas, mas eles só olharam a visita assim meio de lado, nem responderam. Joaquim Prestes

---

[86] Mamparreando: vadiando, lerdeando
[87] Cutilante: cortante
[88] Silvando: soprando, sibilando

nem olhou, e a visita percebeu que tinha sucedido alguma coisa grave. O ambiente estava tensíssimo. Não se via o Albino nem o magruço que o revezava. Mas não estavam ambos no fundo do poço, como a visita imaginou.

Minutos antes, poço quase seco agora, o magruço que já vira um bloco de terra se desprender do rebordo, chegada a vez dele, se recusara descer. Foi meio minuto apenas de discussão agressiva entre ele e o velho Joaquim Prestes, desce, não desce, e o camarada, num ato de desespero se despedira por si mesmo, antes que o fazendeiro o despedisse. E se fora, dando as costas a tudo, oito anos de fazenda, curtindo uma tristeza funda, sem saber. E Albino, aquela mansidão doentia de fraco, pra evitar briga maior, fizera questão de descer outra vez, sem mesmo recobrar fôlego. Os outros dois, com o fantasma próximo de qualquer coisa mais terrível, se acovardaram. Albino estava no fundo do poço.

Agora o vento soprando, chicoteava da gente não aguentar. Os operários tremiam muito, e a própria visita. Só Joaquim Prestes não tremia nada, firme, olhos fincados na boca do poço. A despedida do operário o despeitara ferozmente, ficara num deslumbramento horrível. Nunca imaginara que num caso qualquer o adversário se arrogasse[89] a iniciativa de decidir por si. Ficara assombrado. Por certo que havia de mandar embora o camarada, mas que este se fosse por vontade própria, nunca pudera imaginar. A sensação do insulto estourara nele feito uma bofetada. Se não revidasse era uma desonra, como se vingar!... Mas só as mãos se esfregando lentíssimas, denunciavam o desconcerto[90] interior do fazendeiro. E a vontade reagia com aquela decisão já desvairada

---

[89] Arrogasse: atribuísse o direito de
[90] Desconcerto: desordem

de conseguir a caneta-tinteiro, custasse o que custasse. Os olhos do velho engoliam a boca do poço, ardentes, com volúpia[91] quase. Mas a corda já sacudia outra vez, agitadíssima agora, avisando que o Albino queria subir. Os operários se afobaram. Joaquim Prestes abriu os braços, num gesto de desespero impaciente.

– Também Albino não parou nem dez minutos! José ainda lançou um olhar de imploração ao chefe, mas este não compreendia mais nada. Albino apareceu na boca do poço. Vinha agarrado na corda, se grudando nela com terror, como temendo se despegar. Deixando o outro operário na guarda do cambito, José com muita maternidade ajudava o mano. Este olhava todos, cabeça de banda decepando[92] na corda, boca aberta. Era quase impossível lhe aguentar o olho abobado. Como que não queria se desagarrar da corda, foi preciso o José, "sou eu, mano", o tomar nos braços, lhe fincar os pés na terra firme. Aí Albino largou da corda. Mas com o frio súbito do ar livre, principiou tremendo, demais. O seguraram pra não cair. Joaquim Prestes perguntava se ainda tinha água lá em baixo.

– Fa... Fa...

Levou as mãos descontroladas à boca, na intenção de animar os beiços mortos. Mas não podia limitar os gestos mais, tal o tremor. Os dedos dele tropeçavam nas narinas, se enfiavam pela boca, o movimento pretendido de fricção[93] se alargava demais e a mão se quebrava no queixo. O outro camarada lhe esfregava as costas. José veio, tirou a garrafa das mãos da visita, quis desarrolhar mas não conseguindo isso logo com aqueles dedos endurecidos, abocanhou a rolha,

---

[91] Volúpia: grande prazer dos sentidos
[92] Decepando: cortando
[93] Fricção: atrito

arrancou. José estava tão triste... Enrolou, com que macieza! a cabeça do maninho no braço esquerdo, lhe pôs a garrafa na boca:

– Beba, mano.

Albino engoliu o álcool que lhe enchera a boca. Teve aquela reação desonesta que os tragos fortes dão. Afinal pôde falar:

– Farta... é só tá-tá seco.

Joaquim Prestes falava manso, compadecido, comentando inflexível:

– Pois é, Albino: se você tivesse procurado já, decerto achava. Enquanto, isso a água vai minando.

– Se eu tivesse uma lúiz...

– Pois leve.

José parou de esfregar o irmão. Se virou pra Joaquim Prestes. Talvez nem lhe transparecesse ódio no olhar, estava simples. Mandou calmo, olhando o velho nos olhos:

– Albino não desce mais.

Joaquim Prestes ferido desse jeito, ficou que era a imagem descomposta do furor. Recuou um passo na defesa instintiva, levou a mão ao revólver. Berrou já sem pensar:

– Como não desce!

– Não desce não. Eu não quero.

Albino agarrou o braço do mano mas toma com safanão que quase cai. José traz as mãos nas ancas, devagar, numa calma de morte. O olhar não pestaneja, enfiando no do inimigo. Ainda repete, bem baixo, mas mastigando:

– Eu não quero não sinhô.

Joaquim Prestes, o mal pavoroso que terá vivido aquele instante... A expressão do rosto dele se mudara de repente, não era cólera mais, boca escancarada, olhos brancos, metálicos, sustentando o olhar puro, tão calmo, do mulato. Ficaram assim. Batia agora uma primeira escureza do entardecer. José, o

corpo dele oscilou[94] milímetros, o esforço moral foi excessivo.
Que o irmão não descia estava decidido, mas tudo mais era
uma tristeza em José, uma desolação[95] vazia, uma semicons-
ciência de culpa lavrada pelos séculos.

Os olhos de Joaquim Prestes reassumiam uma vibração
humana. Afinal baixaram, fixando o chão. Depois foi a cabeça que baixou, de súbito, refletindo. Os ombros dele também
foram descendo aos poucos. Joaquim Prestes ficou sem perfil
mais. Ficou sórdido[96].

– Não vale a pena mesmo...

Não teve a dignidade de aguentar também com a aparência
externa da derrota. Esbravejou:

– Mas que diacho, rapaz! vista saia!

Albino riu, iluminando o rosto agradecido. A visita riu pra
aliviar o ambiente.

O outro camarada riu, covarde. José não riu. Virou a cara,
talvez para não mostrar os olhos amolecidos. Mas ombros
derreados[97], cabeça enfiada no peito, se percebia que estava
fatigadíssimo. Voltara a esfregar maquinalmente o corpo
do irmão, agora não carecendo mais disso. Nem ele nem os
outros, que o incidente espantara por completo qualquer
veleidade[98] do frio.

Quer dizer, o caipira também não riu, ali chegado no meio
da briga pra avisar que os trairões, como Joaquim Prestes
exigia, devidamente limpos e envoltos em sacos de linho alvo,
esperavam pra partir. Joaquim Prestes rumou pro forde. Todos o seguiram. Ainda havia nele uns restos de superioridade

---

[94] Oscilou: balançou
[95] Desolação: tristeza, consternação
[96] Sórdido: repugnante, nojento
[97] Derreados: vergados, curvados
[98] Veleidade: capricho

machucada que era preciso enganar. Falava ríspido, dando a lei com lentidão:

– Amanhã vocês se aprontem. Faça frio não faça frio mando o poceiro cedo. E ... José...

Parou, voltou-se, olhou firme o mulato:

– ... doutra vez veja como fala com seu patrão.

Virou, continuou, mais agitado agora, se dirigindo ao forde. Os mais próximos ainda o escutaram murmurar consigo: "... não sou nenhum desalmado..."

Dois dias depois o camarada desapeou[99] da besta com a caneta-tinteiro. Foram leva-la a Joaquim Prestes que, sentado à escrivaninha, punha em dia a escrita da fazenda, um brinco. Joaquim Prestes abriu o embrulho devagar. A caneta vinha muito limpa, toda arranhada. Se via que os homens tinham tratado com carinho aquele objeto meio místico[100], servindo pra escrever sozinho. Joaquim Prestes experimentou mas a caneta não escrevia. Ainda a abriu, examinou tudo, havia areia em qualquer frincha[101]. Afinal descobriu a rachadura.

– Pisaram na minha caneta! brutos...

Jogou tudo no lixo. Tirou da gaveta de baixo uma caixinha que abriu. Havia nela várias lapiseiras e três canetas-tinteiro. Uma era de ouro.

S. Paulo, 26-XII-42
(Terceira versão)

---

[99] Desapeou: desmontou
[100] Místico: misterioso, sobrenatural
[101] Frincha: fenda, fresta

O LADRÃO[*]

– Pega!

O berro, seria pouco mais de meia-noite, crispou[1] o silêncio no bairro dormido, acordou os de sono mais leve, botando em tudo um arrepio de susto. O rapaz veio na carreira desabalada[2] pela rua.

– Pega!

Nos corpos entrecortados, ainda estremunhando[3] na angústia indecisa, estalou nítida, sangrenta, a consciência do crime horroroso. O rapaz estacara numa estralada[4] de pés forçando pra parar de repente, sacudiu o guarda estatelado[5]:

– Viu ele!

O polícia inda sem nexo[6], puxando o revólver:

– Viu ele?

---

[*] Este conto é desenvolvimento de uma das croniquetas historiadas que, sob os pseudônimos de Luís Pinho e Luís Antônio Marques, publiquei no *Diário Nacional* de São Paulo em 1931 (Nota do autor).

[1] Crispou: contraiu, encolheu (uso figurado)
[2] Desabalada: apressada, precipitada
[3] Estremunhando: acordando devagar
[4] Estralada: série de estralos ou estalos
[5] Estatelado: paralisado de espanto
[6] Sem nexo: sem ligar os acontecimentos

– P...

Não perdeu tempo mais, disparou pela rua, porque lhe parecera ter divisado um vulto correndo na esquina de lá. O guarda ficou sem saber o que fazia, porém da mesma direção do moço já chegavam mais dois homens correndo. O guarda eletrizado gritou:

– Ajuda! e foi numa volada[7] ambiciosa na cola[8] do rapaz.

– Pega! Pega! os dois perseguidores novos secundaram[9] sem parar. Alcançaram o moço na outra esquina, se informando com um retardatário[10] que só àquelas horas recolhia.

– ... é capaz que deu a volta lá em baixo...

No cortiço, a única janela de frente se abriu, inundando de luz a esquina. O retardatário virou-se para os que chegavam:

– Não! Voltem por aí mesmo! Ele dobrou a esquina lá de baixo! Fique você, moço, vigiando aqui! Seu guarda, vem comigo!

Partiu correndo. Visivelmente era o mais expedito[11], e o grupo obedeceu, se dividindo na carreira. O rapaz desapontara muito por ter de ficar inativo, ele! Justo ele que viera na frente!... No ar umedecido, o frio principiou caindo vagarento[12]. Na janela do cortiço, depois de mandar pra cama o homem que aparecera atrás dela, uma preta satisfeita de gorda, assuntava[13]. Viu que a porta do 26 rangia com meia luz e os dois Moreiras saíram por ela, afobados, enfiando os paletós. O Alfredinho até derrubou o chapéu, voltou pra pegar, hesitou, acabou tomando a direção do mano.

---

[7] Numa volada: correndo
[8] Na cola: atrás de, em perseguição a
[9] Secundaram: auxiliaram, ajudaram
[10] Retardatário: atrasado, que vem depois
[11] Expedito: rápido, competente, que resolve tudo
[12] Vagarento: devagar, lento
[13] Assuntava: contemplava, ponderava

O guarda com o retardatário, já tinham dobrado a esquina lá de baixo. Uma ou outra janela acordava numa cabeça inquieta, entre agasalhos. Também os dois perseguidores que tinham voltado caminho, já dobravam a outra esquina. Mas foi a preta, na calma, quem percebeu que o quarteirão fora cercado.

– Então decerto ele escondeu no quarteirão mesmo.

O rapaz que só esperava um pretexto pra seguir na perseguição, deitou na carreira. Parou.

– A senhora então fique vigiando! Grite se ele vier!

E se atirou na disparada, desprezando escutar o "Eu não! Deus te livre!" da preta, se retirando pra dentro porque não queria história com o cortiço dela não. Pouco depois dos Moreiras, virada a esquina de baixo, o rapaz alcançou o grupo dos perseguidores, na algazarra. Um dos manos perguntava o que era. E o moço:

– Pegaram!

– Safado... ele...

– Deixa de lero-lero[14], seu guarda! assim ele escapa!

Aliás fora tudo um minuto. Vinha mais gente chegando.

– O que foi?

– Eu vou na esquina de lá, senão ele escapa outra vez!

– Vá mesmo! Olha, vá com ele, você, para serem dois. Seu guarda! O senhor é que pode pular no jardim!

– Mas é que...

– Então bata na casa, p...

O polícia inda hesitou um segundo, mas de repente encorajou:

– Vam'lá!

---

[14] Lero-lero: conversa mole

Foram. Foi todo o grupo, agora umas oito pessoas. Ficou só o velho que já não podia nem respirar da corridinha. Os dois manos, meio irritados com a insignificância deles a que ninguém esclarecera o que havia, ficaram também, castigando os perseguidores com ficarem. Lá no escuro do ser estavam desejando que o ladrão escapasse, só pra o grupo não conseguir nada. Um garoto de rua estava ali rente, se esfregando tremido em todos, abobalhado de frio. Um dos Moreiras se vingou:

– Vai pra casa, guri! ... de repente vem um tiro...

– Será que ele atira mesmo! perguntou o baita[15] que chegava.

E o velho:

– Tá claro! Quando o Salvini, aquele um que sufocou a mulher no Bom Retiro, ficou cercado...

Mas de súbito o apito do guarda agarrou[16] trilando nos peitos, em firmatas[17] alucinantes. Todos recuaram, virados pro lado do apito. Várias janelas fecharam.

O grupo estacara em frente de umas casas, quase no meio do quarteirão. Eram dois sobradinhos gêmeos, paredes-meias[18], na frente e nos lados opostos os canteiros de burguesia difícil. Os perseguidores trocavam palavras propositalmente em voz muito alta. O homem decerto ficava amedrontado com tanta gente... Se entregava, era inútil lutar ... Em qual das casas bater? O que vira o fugitivo pular no jardinzinho, quem sabe um dos rapazes guardando a esquina, não estava ali pra indicar. Aliás ninguém pusera reparo em quem falara. Os mais cuidadosos, três, tinham se postado

---

[15] Baita: grande, enorme
[16] Agarrou: começou
[17] Firmatas/fermatas: sons ou notas demorados
[18] Paredes-meias: casas geminadas com parede comum

70

na calçada fronteira, junto ao portão entreaberto, bom pra esconder. Se miravam ressabiados[19], com um bocado de vergonha. Mas um sorrindo:

– Tenho família.

– Idem.

– Pode vir alguma bala...

– Eu me armei, por via das dúvidas!

Quase todas as janelas estavam iluminadas, botando um ar de festa inédito na rua. Saía mais gente encapuçada nas portas, coleção morna de pijamas comprados feitos, transbordando pelos capotes mal vestidos. O guarda estava tonto, sustentando posição aos olhos do grupo que dependia dele. Mas lá vinham mais dois polícias correndo. Aí o guarda apitou com entusiasmo e foi pra bater numa das casas. Mas da janela da outra jorrou de chofre no grupo uma luz, todos recuaram. Era uma senhora, ainda se abotoando.

– Que é! que foi que houve, meu Deus!

– Dona, acho que entrou um homem na sua casa que...

– Ai, meu Deus!

– ... a gente veio...

– Nossa Senhora! meus filhos!

Desapareceu na casa. De repente escutou-se um choro horrível de criança lá dentro. Um segundo todos ficaram petrificados. Mas era preciso salvar o menino, e à noção de "menino" um ardor de generosidade inflamou todos. Avançaram, que pedir licença nem nada! uns pulando a gradinha, outros já se ajudando a subir pela janela mesmo, outros forçando a porta.

Que se abriu. A senhora apareceu, visão de pavor, desgrenhada, com as três crianças. A menina, seus oito anos,

---

[19] Ressabiados: desconfiados

grudada na saia da mãe, soltava gritos como se a tivessem matando. A decisão foi instantânea, a imagem da desgraça virilizara[20] o grupo. A italiana de uma das casas operárias defronte, vira tudo, nem se resguardava: veio no camisolão, abriu com energia passagem pelos homens, agarrou a menina nos braços, escudando-a com os ombros contra tiros possíveis, fugira pra casa. Um dos homens imitando a decidida agarrara outra criança, e empurrando a senhora com o menorzinho no colo, levara tudo se esconder na casa da italiana. Os outros se dividiram. Barafustaram[21] pela casa aberta, alguns forçaram num átimo[22] a porta vizinha, tudo fácil de abrir, donos em viagem, a casa se iluminou toda. Veio um gritando na janela do sobrado:

– Por trás não fugiu, o muro é alto!

– Ói lá!

Era a mocetona duma das casas operárias fronteiras, a "vanity-case"[23] de metalzinho esmaltado na mão, largara de se empoar[24], apontando. Toda a gente parou estarrecida, adivinhando um jeito de se resguardar do facínora. Olharam pra mocetona. Ela apontava no alto, aos gritos. Era no telhado. Um dos cautelosos, não se enxergava bem por causa das árvores, criou coragem, se abaixou e pôde ver. Deu um berro, avisando:

– Está lá!

E veio feito uma bala, atravessando a rua, se resguardar na casa onde empoleirara o ladrão. Os dois comparsas dele o imitaram. As janelas em frente se fecham rápidas, bateu

---

[20] Virilizara: tornara viril, fortalecera
[21] Barafustaram: penetraram, enveredaram
[22] Átimo: instante
[23] "Vanity-case": porta-pó de bolsa com espelhinho
[24] Empoar: passar pó de arroz

uma escureza sufocante. E os polícias, o rapaz, todos tinham corrido pra junto do homem que vira, se escondendo com ele, sem saber do que, de quem, a evidência do perigo independendo já das vontades. Mas logo um dos polícias reagindo, sacudiu o horrorizado, fazendo-o voltar a si, perguntando gritado, com raiva. E a raiva contra o cauteloso dominou o grupo. Ele enfim respondeu:

– Eu também vi... (mal podia falar) no telhado...

– Dissesse logo!

– Está no telhado!

– Vá pra casa, medroso!

– Medroso não!

O rapaz atravessou a rua correndo, pra ver se enxergava ainda. O grupo estourou de novo pelas duas casas a dentro.

– Ele não tem pra onde pular!

– Coitado!

– Que cuidado! ele que venha!

– Falei "coitado"...

Nos quintais dos fundos mais gente inspecionava o telhado único das casas gêmeas. Não havia por onde fugir. E a caça continuava sanhuda[25]. Os dois sobrados foram esmiuçados, quarto por quarto, não houve guarda-roupa que não abrissem, examinaram tudo. Nada.

– Mas não há nada! um falou.

– Quem sabe se entrou no forro?

– Entrou no forro!

– Tem claraboia[26]?

O rapaz, do outro lado da rua, examinara bem. Na parte de frente do telhado, positivamente o homem não estava

---

[25] Sanhuda: zangada, cheia de sanha
[26] Claraboia: janela envidraçada ao alto por onde penetra a luz natural

mais. Algumas janelas se entreabriram de novo, medrosas, riscando luzes nas calçadas.

– Pegaram?

– P...

Mas alguém lhe segurara o braço, virou com defesa.

– Meu filho! olhe a sua asma! Deixe, que os outros pegam! Está tão frio!...

O rapaz, deu um desespero nele, a assombração medonha da asma... Foi vestindo maquinalmente o sobretudo que a mãe trouxera.

– Olha!... ah, não é... Também não sei pra que o prefeito põe tanta árvore na rua!

– Mas afinal o que que foi, hein? perguntaram alguns, chegados tarde demais pra se apaixonarem pelo caso.

– Eu nem não sei!... diz-que estão pegando um ladrão.

– Vamos pra casa, filhinho!...

... aquele fantasma da sufocação, peito chiando noite inteira, nem podia mais nadar... Virou com ódio pro sabetudo:

– Quem lhe contou que é ladrão?

Brotou em todos a esperança de alguma coisa pior.

– O que é, hein?

A pergunta vinha da mulher sem nenhum prazer. O rapaz olhou-a, aquele demônio da asma... deu de ombros, nem respondeu. Ele mesmo nem sabia certo, entrara do trabalho, apenas despira o sobretudo, ainda estava falando com a mãe já na cama, pedindo a bênção, quando gritaram "Pega!" na rua. Saíra correndo, vira o guarda não muito longe, um vulto que fugia, fora ajudar. Mas aquele demônio medonho da asma... O anulou uma desesperança rancorosa. Entre os dentes:

– Desgraçado...

Foi-se embora. De raiva. A mãe mal o pôde seguir, quase correndo, feliz! feliz por ganhar o filho àquela morte certa.

74

Agora a maioria dos perseguidores saíra na rua. Nem no interior do telhado encontraram o homem. Como fazer?

– Ficou gente no quintal, vigiando?

– Chi! tem pra uns deiz decidido lá!

Era preciso calma. Lá na janela da mocetona operária começara uma bulha[27] desgraçada. Os irmãos mais novos estavam dando um baile nela, primeiro insultando, depois caçoando que ela nem não tinha visto nada, só medo. Ela jurava que sim, se apoiava no medroso que enxergara também, mas ele não estava mais ali, tinha ido embora, danado de o chamarem medroso, esses bestas! A mocetona gesticulava, com o metalzinho da "vanity-case" brilhando no ar. Afinal acabou atirando com a caixinha bem na cara do irmão próximo e feriu. Veio a mãe, veio o pai, precisou vir mais gente, que os irmãos cegados com a gota de sangue queriam massacrar a mocetona.

Organizou-se uma batida[28] em regra, eram uns vinte. As demais casas vizinhas estavam sendo varejadas[29] também, quem sabe... Alguns foram-se embora que tinha muita gente, não eram necessários mais. Mas paravam pelas janelas, pelas portas, respondendo. Nascia aquela vontade de conversar, de comentar, lembrar casos. Era como se se conhecessem sempre.

– Te lembra, João, aquele bebo[30] no boteco da...

– Nem me!...

Não encontraram nada nas casas e todos vieram saindo para as calçadas outra vez. Ninguém desanimara, no entanto. Apenas despertara em todos uma vontade de alívio, todos

---

[27] Bulha: barulheira
[28] Batida: busca minuciosa, caçada
[29] Varejadas: penetradas, inspecionadas
[30] Bebo: bêbado

certos que o ladrão fugira, estava longe, não havia mais perigo pra ninguém.

O guarda conversava pabulagem[31], bem distraído num grupo, do outro lado da rua. Veio chegando, era a vergonha do quarteirão, a mulher do português das galinhas. Era uma rica, linda com aqueles beiços largos, enquanto o Fernandes quarentão lá partia no forde[32] passar três, quatro dias na granja de Santo André. Ela, quem disse ir com ele! Chegava o entregador da "Noite"[33], batia, entrava. Ela fazia questão de não ter criada, comia de pensão, tão rica! Vinha o mulato da marmita, pois entrava! E depois diz – que vivia sempre com doença, chamando cada vez era um médico novo, desses que ainda não têm automóvel. Até o padeirinho da tarde, que tinha só... quinze? dezesseis anos? entrava, ficava tempo lá dentro.

O jornaleiro negava zangado, que era só pra conversar, senhora boa, mas o entregadorzinho do pão não dizia nada, ficava se rindo, com sangue até nos olhos, de vergonha gostosa.

Foi um silêncio carregado, no grupo, assim que ela chegou. As duas operárias honestas se retiraram com fragor[34], facilitando os homens. Se espalhou um cheiro por todos, cheiro de cama quente, corpo ardente e perfumado recendente[35]. Todos ficaram que até a noite perdera a umidade gélida. De fato, a neblininha se erguera, e a cada uma janela que fechava, vinha pratear[36] mais forte os paralelepípedos uma calma elevada de rua.

---

[31] Pabulagem: conversa fiada, conversa mole
[32] Forde: automóvel (Ford)
[33] "Noite": jornal *A noite*
[34] Fragor: barulho, ruído
[35] Recendente: que exala
[36] Pratear: tornar claro ou brilhante como a prata

Vários grupos já não tinham coesão possível, bastante gente ia dormir. Por uma das janelas agora, pouco além das duas casas, se via um moço magro, de cabelo frio escorrendo, num pijama azul, perdido o sono, repetindo[37] o violino. Tocava uma valsa que era boa, deixando aquele gosto de tristeza no ar. Nisto a senhora não pudera mais consigo, muito inquieta com a casa aberta em que tantas pessoas tinham entrado, apareceu na porta da italiana. Esta insistia com a outra pra ficar dormindo com ela, a senhora hesitava, precisava ir ver a casa, mas tinha medo, sofria muito, olhos molhados, sem querer. A conversa vantajosa do grupo da portuguesa parou com a visão triste. E o guarda, sem saber que era mesmo ditado pela portuguesa, heroico se sacrificou. Destacou-se do grupo insaciável[38], foi acompanhar a senhora (a portuguesa bem que o estaria admirando), foi ajudar a senhora mais a italiana a fechar tudo. Até não havia necessidade dela dormir na casa da outra, ele ficava guardando, não arredava pé. E sem querer, dominado pelos desejos, virou a cara, olhou lá do outro lado da calçada a portuguesa fácil. Talvez ela ficasse ali conversando com ele, primeiro só conversando, até de-manhã...

Alguns dos perseguidores, agrupados na porta da casa, tinham se esquecido, naquela conversa apaixonada, o futebol do sábado. Se afastaram, deixando a dona entrar com o guarda. Olharam-na com piedade mas sorrindo, animando a coitada. Nisto chegou com estalidos seu Nitinho e tudo se resolveu. Seu Nitinho era compadre da senhora, muito amigo da família, morava duas quadras longe. Viera logo com a espingarda passarinheira[39] dos domingos, proteger a

---

[37] Repetindo: ensaiando, exercitando, treinando
[38] Insaciável: que não se satisfaz
[39] Espingarda passarinheira: como é conhecida a espingarda de calibre 36, baixo, para pequenas caças

comadre. Dormiria na casa também, ela podia ficar no seu bem-bom com os filhinhos, salva com a proteção. E a senhora mais confiante entrou na casa.

– É, não há nada.

Foi um alívio em todos. A italiana já trazia as crianças se rindo, falando alto, gesticulando muito, insistindo na oferta do leite. Pois a italiana assim mesmo conseguiu vencer a reserva da outra, e invadiu a cozinha, preparando um café. A lembrança do café animou todos. Os perseguidores se convidaram logo, com felicidade. Só o pobre do guarda, mais uma vez sacrificado, não pôde com o sexo, foi se reunir ao grupo da portuguesa.

Eis que a valsa triste acabou. Mas da sombra das árvores em frente, umas quatro ou cinco pessoas, paralisadas pela magnitude da música, tinham por alegria, só por pândega, pra desopilar[40], pra acabar com aquela angústia miúda que ficara, nem sabiam! tinham... enfim, pra fazer com que a vida fosse engraçada um segundo, tinham arrebentado em aplausos e bravos. E todos, com os aplausos, todos, o grupo da portuguesa, a mocetona com os manos já mansos, os perseguidores da porta, dois ou três mais longe, todos desataram na risada. Só o violinista não riu. Era a primeira consagração. E o peitinho curto dele até parou de bater.

Soaram duas horas num relógio de parede. Os que tinham relógio, consultaram. Um galo cantou. O canto firme lavou o ar e abriu o orfeão[41] de toda a galaria[42] do bairro, uma bulha encarnada[43] radiando no céu lunar. O violinista reiniciara a valsa, porque tinham ido pedir mais música a ele. Mas o

---

[40] Desopilar: relaxar, aliviar
[41] Orfeão: coro de vozes
[42] Galaria: coletivo de galos
[43] Encarnada: vermelha

violino, bem correto, só sabia aquela valsa mesmo. E a valsa dançava queixosa outra vez, enchendo os corações. – Eu numa varsa dessa, mulher comigo, eu que mando! E olhou a portuguesa bem nos olhos. Ela baixou os dela, puros, umedecendo os lábios devagar. Os outros ficaram com ódio da declaração do guarda lindo, bem arranjado na farda. Se sentiram humilhados nos pijamas reles, nos capotes mal vestidos, nos rostos sujos de cama. Todos, acintosamente[44], por delicadeza, ocultando nas mãos cruzadas ou enfiadas nos bolsos, a indiscrição dos corpos. A portuguesa, em êxtase, divinizada, assim violentada altas horas, por sete homens, traindo pela primeira vez, sem querer, violentada, o marido da granja. Na porta da casa, a italiana triunfante distribuía o café. Um momento hesitou, olhando o guarda do outro lado da rua. Mas nisto fagulhou[45] uma risadinha em todos lá no grupo, decerto alguma piada sem-vergonha, não! Não dava café ao guarda! Pensou na última xícara, atravessou teatralmente a rua olhando o guarda, ele ainda imaginou que a xícara era pra ele. E a italiana entrou na casa dela levando o café para o marido na cama, dormindo porque levantava às quatro, com o trabalho em Pirituba.

Foi um primeiro mal-estar no grupo da portuguesa: todos ficaram com vontade de beber um café bem quentinho. Se ela convidasse... Ela bem queria mas não achava razão. O guarda se irritou, qual! não tinha futuro! Assim com tanta gente ali... Perdera o café. Ainda inventou ir até a casa, saber se a senhora não precisava de nada. Mas a italiana olhara pra ele com tanta ofensa, a xícara bem agarrada na mão, que um pudor[46] o esmagou. Ficou esmagado, desgostoso de si, com

---

[44] Acintosamente: sem disfarce
[45] Fagulhou: cintilou
[46] Pudor: vergonha, escrúpulo

um princípio de raiva da portuguesa. De raiva, deu um trilo no apito e se foi, rondando os seus domínios.

Os perseguidores tinham bebido o café, já agora perfeitamente repostos em suas consciências... Lhes coçava um pouco de vergonha na pele, tinham perseguido quem?... Mas ninguém não sabia. Uns tinham ido atrás dos outros, levados pelos outros, seria ladrão? ...

– Bem vou chegando.

– É. Não tem mais nada.

Boa-noite, boa-noite...

E tudo se dispersou. Ainda dois mais corajosos acompanharam a portuguesa até a porta dela, na esperança nem sabiam do quê. Se despediram delicados, conhecedores de regras, se contando os nomes próprios, seu criado. Ela, fechada a porta, perdidos os últimos passos além, se apoiou no batente, engolindo silêncio. Ainda viria algum, pegava nela, agarrava... Amarrou violentamente o corpo nos braços, duas lágrimas rolaram insuspeitas. Foi deitar sem ninguém.

A rua estava de novo quase morta, janelas fechadas. A valsa acabara o bis. Sem ninguém. Só o violinista estava ali, fumando, fumegando muito, olhando sem ver, totalmente desamparado, sem nenhum sono, agarrado a não sei que esperança de que alguém, uma garota linda, um fotógrafo, um milionário disfarçado, lhe pedisse pra tocar mais uma vez. Acabou fechando a janela também.

Lá na outra esquina do outro quarteirão, ficara um último grupinho de três, conversando. Mas é que lá passava bonde.

(1930-1941-1942)

JABURU MALANDRO

Belazarte me contou:
Pois é... tem vidas assim, tão bem preparadinhas, sem surpresa... São ver gaveta arranjada, com que facilidade você tira a cueca até no escuro, mesmo que ela esteja no fundo! Mas vem um estabanado[1], revira tudo, que-dê[2] cueca? – Maria, você não viu a minha cueca listrada de azul? – Está aí mesmo, seu dotoire[3]! – Não está! Já procurei, não está... E é um custo a gente encontrar a cueca. Você se lembra do João? Ara, se lembra! o padeiro que gostava da Rosa, aquela uma que casou com o mulato... Pois quando contei o caso falei que o João não era homem educado para estar cultivando males de amor... Sofreu uns pares de dias, até bebeu, se lembra? e encontrou a Carmela que principiou a consolá-lo. Não durou muito se consolou. Os dois passavam uma porção de vinte minutos ali na cerca, falando nessas coisas corriqueiras[4] que alimentam amor de gente pobre.

---

[1] Estabanado: desastrado
[2] Que-dê: onde está?
[3] "Dotoire": doutor (no caso procura-se imitar pronúncia lusitana)
[4] Corriqueiras: comuns

Ora a Carmela... será que ela gostava mesmo do João? Difícil de saber. Era moça bonita, isso era, desses tipos de italiana que envelhecem muito cedo, isto é, envelhecem não, engordam, ficam chatas, enjoativas. Porém nos dezenove, que gostosura! Forte, um pouco baixa, beiços tão repartidinhos no centro, um trevo encarnado! Cabelo mais preto nem de brasileira! Porém o sublime era a pele, com todos os cambiantes[5] do rosado desde o roséo-azul do queixo com as veinhas de cá pra lá sapecas, até o rubro esplendor ao lado dos olhos, querendo extravasar pela fronte nos dias de verão brabo. Filha de italiano já se sabe...

Mas Carmela não tinha a ciência das outras moças italianas daqui. Pudera, as outras saíam todo santo dia, frequentavam as oficinas de costura, as mais humildes estavam nos cortumes[6], na fiação, que acontecia? Se acostumavam com a vida. Não tinha homem que não lhes falasse uma graça ou no mínimo olhasse pra elas daquele jeito que ensina as coisas. Ficavam sabendo logo de tudo e até segredavam imoralidades umas pras outras, nos olhos. Ficavam finas, de tanta grosseria que escutavam. A grosseria vinha, pam! batia nelas. Geralmente caía no chão. Poucas, em comparação ao número delas, muito poucas se abaixavam pra erguer a grosseria. Essas se perdiam, as pobres! Si não casavam na polícia, o que era uma felicidade rara, davam nas pensões.

Nas outras a grosseria relava[7] apenas, escorregando pro chão. Mas o choque desbastava um pouco essa crosta inútil de inocência que reveste a gente no começo. Ficavam sabendo, se acostumavam facilmente com o manejo da vida e escolhiam depois o rapaz que mais lhes convinha, sele-

---

[5] Cambiantes: variações
[6] Cortumes; curtumes, locais onde se curte couro
[7] Relava: passava encostada, roçava

ção natural. Casavam e o destino se cumpria. De chiques e aladas[8], viravam mãis anuais; filho na barriga, filho no peitume, filho agarrado na perna. Domingo iam passear na cidade, espandongadas[9], cabelo caindo na cara. Não tinha importância, não. Os trabalhadores o que queriam era mãi pros oito a doze filhos do destino. Carmela não. Vizinhava com a padaria em casa própria. O pai afinal tinha seus cobres de tanta ferradura ordinária que passara adiante, e tanta roda e varal consertados. E, fora as duas menores que nem na escola inda iam, o resto eram filhos, meia dúzia, gente bem macha trabalhando numa conta. Dois casados já. Só um ninguém sabia dele, talvez andasse pelas fazendas... Sei que fora visto uma vez em Botucatu. Era o defeito físico da família. Si o nome dele caía na conversa, a gente só escutava os palavrões que o pai dizia, porca la miséria[10]. Restava a metade de meia dúzia, menores que Carmela, treze, quatorze e dezesseis anos, que seguiam o caminho bom dos mais velhos.

Assim florescentes, todos imaginaram de comum acordo que Carmela não carecia de trabalhar. Deram um estadão[11] pra ela, bonita! O pai olhava a filha e sentia uma ternura diferente. Pra esvaziar a ternura, comprava uma renda, sapatos de pelica alvinha, fitas, coisas assim.

Padeiro portuga e ferreiro italiano, de tanta vizinhança, ficaram amigos. Quando o Serafino Quaglia viu que a filha pendia pro João, gostou bem. Afinal, padaria instalada e afreguesada não é coisa que a gente despreze numa época destas...

---

[8] Aladas: que se movimentam com delicadeza
[9] Espandongadas: desarrumadas, mal vestidas
[10] *Porca la miseria* (it.): droga! Diabos!
[11] Estadão: boa vida

Porém a história é que Carmela, sequestrada[12] assim da vida, apesar de ter na família uma ascendência[13] que a fazia dona em casa, possuía coração que não sabia de nada. O João era simpático, era. Forte, com os longos braços dependurados, e o bigode principiando, não vê que galego larga[14] bigode... Carmela gostou do João. Quando pediu pra ele que não bebesse mais, João se comoveu. Principiou sentindo Carmela. As entrevistas na cerca tornaram-se diárias. Precisão não havia, ninguém se opunha, e um entrava na casa do outro sem cerimônia, mas é sempre assim porém... Não carece a gente ser de muitos livros, nem da alta, pra inventar a poesia das coisas, amor sempre despertou inspiração... Ora você há-de convir que aqueles encontros na cerca tinham seu encanto. Pra eles e pros outros. Ali estavam mais sós, não tinham irmãos em roda. Pois então podiam passar muitos minutos sem falar nada, que é a melhor maneira de fazer vibrar o sentimento. Os que passavam viam aquele par tão bonito, brincando com a trepadeira, tirando lasca do pau seco... Isso reconciliava a gente com a malvadeza do mundo.

– Sabe!... a Carmela anda namorando com o João!

– Sai daí, você!... Vem contar isso pra mim! pois si até fui eu que descobri primeiro!

Pam!... Pam!... Pam!... Pam!... Pampampam!... toda a gente correu na esquina pra ver. O carro vinha a passo[15].

GRANDE CIRCO BAHIA
dos irmão Garcias!
Hoje! Serata[16] de estrea! Cachorros e maccacos sabios!

---

[12] Sequestrada (da vida): isolada
[13] Ascendência: influência, poder
[14] Larga: deixa sair, solta
[15] A passo: de modo lento, vagaroso
[16] Serata (it.): sarau, noitada

Irmãos Fô-Hi equilibristas! Grandes numeros de actração mundial!
Apresentação de toda a Compania!
Todos os dias novas estreas!
O homem Cobra. Malunga, o elephante sabio!
Terminará a função a grande pantommima[17]
OS SALTHEADORES DA CALABRIA
Três palhaços e o tony[18] Come Mosca
Evohé![19] Todos ao Grande Circo Bahia! Hoje!
(Esquina da rua Guaicurús)
Só 2$000 – Cadeiras a Quatro
Imposto a cargo do respeitável Publico!
E viva!

O circo Bahia vinha tirar um pouco o bairro da rotina do cinema. Pam! Pam!... Pam!... Lá seguia o carro de anúncio entre desejos. Carmela foi contar pro João que ela ia com os três fratelos.[20] João vai também. O circo estava cheio. Pipoca! Amendoim torrado!... Batat'assat'ô furrn![21]... Vozinha amarela: Nugá! nugá! nugá![22]... Dentadura na escureza: Baleiro!... Balas de coco, chocolate, canela!... E a banda sarapintando[23] de saxofone a noite calma. Estrelas. Foram pras cadeiras, Carmela alumeando de boniteza. O circo não vinha pobre nem nada!
– Todos os números são bons, hein! Eu volto! você?
Come-Mosca quis espiar a caixa tão grande toda de lantejoulas, verde e amarela, que os araras[24] traziam pro centro

---

[17] Pantomima: representação teatral baseada nos gestos, na mímica
[18] Tony: um tipo de palhaço
[19] Evohé!: grito de celebração
[20] Fratelos: irmãos – abrasileiramento do italiano fratello
[21] Batat'assat'o furn: batata assada ao forno (pregão do vendedor de batatas)
[22] Nugá: doce feito com amêndoas e caramelo
[23] Sarapitando: pintando, manchando
[24] Araras: pessoal de apoio

do picadeiro, prendeu o pé debaixo dela. Foi uma gargalhada com o berro que ele deu.

– Volto também.

Música. O reposteiro[25] escarlate se abriu. O artista veio correndo lá de dentro, com um malhô[26] todo de lantejoulas, listrado de verde e amarelo. Era o Homem Cobra. Fez o gesto em curva, braços no ar, deformação do antigo beijo pro público... é pena... tradição que já vai se perdendo... Tipo esquisito o Homem Cobra..., esguio, esguio. Assim de malhô, então, era ver uma lâmina. Tudo lantejoula menos a cabeça, até as mãos! Feio não era não. Esse gênero de brasileiro quase branco já, bem pálido. Cabelo liso, grosso, rutilando[27] azul. O nariz não é chato mais, mesmo delicado de tão pequenino. Aliás a gente só via os olhos, puxa! negros, enormes! aumentados pelas olheiras. Tomavam a cara toda. Carmela sentiu uma admiração. E um mal-estar. Pressentimento não era, nem curiosidade... mal-estar.

O número causou sensação. Já pra trepar na caixa só vendo o que o Homem Cobra fez! caiu no tapete, uma perna foi se arrastando caixa arriba[28], a outra, depois o corpo, direitinho que nem cobra! até que ficou em cima. Parecia que nem tinha osso, de tão deslocado. Fez coisas incríveis! dava nós com as pernas, ficava um embrulhinho em cima da caixa... Palmas de toda a parte. Depois a música parou, era agora! Ergueu o corpo numa curva, barriga pro ar, pés e mãos nos cantos da caixa. Vieram os irmãos Garcias, de casaca, e o Dr. Cerquinho tão conhecido, médico do bairro.

– Olha o Doutor Cerquinho! O Doutor Cerquinho!... Ho-

---

[25] Reposteiro: cortina usada para substituir uma porta
[26] Malhô: malha
[27] Rutilando: brilhando
[28] Arriba: acima, para cima

mem tão bom, consultas a três mil-réis... Quando não podia pagar, não fazia mal, ficava pra outra vez. Os irmãos Garcias puxaram a cabeça do Homem Cobra, houve um estalo no bombo da música e a cabeça pendeu deslocada, balanceando. Trrrrrrrr... tambor. A cabeça principiou girando. Trrrr... Meu Deus! girava rapidíssimo! Trrrrr... "Chega! Chega!" toda gente gritava. Trrrrr... Foi parando. Os irmãos Garcias endireitaram a cabeça dele, e o doutor Cerquinho ajudou. Quando acabaram, o moço levantou meio tonto, se rindo. Foi uma ovação. Não sei quantas vezes ele veio lá de dentro agradecer. Os olhos vinham vindo, vinham vindo, aquele gesto de beijo deformado, partiu. As palmas recomeçavam, Carmela pequititinha, agarrada no João, que calor delicioso pra ele! Virou-se, deu um beijo de olhos nela, francamente, sem vergonha nenhuma, apesar de tanto pessoal em roda.

– Coitado não?

– Batuta![29]

No dia seguinte deu-se isto: Estavam almoçando quando a porta se abriu, Pietro! Era um ingrato, era tudo o que você quiser, mas era filho. Foi uma festa. Tanto tempo, como é que viera sem avisar! Como estava grande! Pois fazem seis anos já!

– Meu pai desculpa...

O velho resmungou, porém o filho estava bem vestido, não era vagabundo, não pense, estudara. Sabia música e viera dirigindo a banda do circo, foi um frio. O velho desembuchou[30] logo o que pensava de gente de circo. Então Pietro meio que zangou-se, estavam muito enganados! olhem: a moça que anda na bola é mulher do equilibrista, a amazona[31]

---

[29] Batuta: craque
[30] Desembuchou: desandou a falar
[31] Amazona: mulher que anda a cavalo

se casara com o Garcia mais velho. Dolores, uma uruguaia. Gente honesta, até os dois japoneses. Todos espantados.

– Meu pai, o senhor vai comigo lá no circo pra ver como todos são direitos. Eu mesmo, se não casei até agora é porque nesta vida, hoje aqui, amanhã não se sabe onde, inda não encontrei moça de minha simpatia. E você, Carmela?

Ela sorriu, baixando o rosto, orgulhosa de já ter encontrado.

– Temos coisa, não? Por que não foram no circo ontem? É!... Pois não vi não! Também estava uma enchente!... Trouxe entrada pra vocês hoje.

Conversa vai, conversa vem, caiu sobre o Homem Cobra. Afinal não é que o número fosse mais importante que os outros não, até os irmãos de Carmela tinham preferido outras artistas, principalmente o de dezesseis, falando sempre que a dançarina, filha da mãe! botava o pé mais alto que a cabeça. Os outros tinham gostado mais da pantomima. Porém da pantomima, Carmela só enxergara, só seguira os gestos heroicos, maquinais, do chefe dos salteadores, aquele moreno pálido, esguio, flexível, e os grandes olhos. Quando morreu com o tiro do polícia bersagliere[32], retorcendo no chão que até parecia de deveras, Carmela teve "uma" dó. Sem saber, estava torcendo pra que os salteadores escapassem.

– O Almeidinha... Está aí! um rapaz excelente! é do norte. Toda a gente gosta dele. Faz todas aquelas maravilhas, você viu como ele representa, pois não tem orgulho nenhum não, pau pra toda obra. Serve de arara sem se incomodar...

Até foi convidado pra fazer parte duma companhia dramática, uma feita, em Vitória do Espírito Santo, não aceitou. É muito meu amigo...

---

[32] Bersagliere (it.): soldado de infantaria

Carmela fitou o irmão, agradecida.

Afinal, pra encurtar as coisas, você logo imagina que o pai de Pietro foi se acostumando fácil com o ofício do filho. Aquilo dava uma grande ascendência pra ele, sobre a vizinhança... Quando no intervalo, o Pietro veio trazer o Garcia mais velho pra junto da família, venceu o pai. Todo mundo estava olhando pra eles com desejo. Conhecer o dono dum circo tão bom!... já era alguma coisa. O João, esse teve só prazer. Fora companheiro de infância do Pietro, este mais velho. Já combinaram um encontro pro dia seguinte de-tarde. Pietro mostrará tudo lá por dentro, João queria ver. E que Pietro apareça também lá na padaria... Os pais ficariam contentes de ver ele já homem, ah, meu caro, tempo corre!...

No dia seguinte de-tardinha, João já estava meio tonto com as apresentações. Afinal, no picadeiro vazio, foram dar com o Almeidinha assobiando. Endireitava o nó duma corda.

– Boas-tardes. Desculpe, estou com a mão suja.

Sorria. Tinha esse rosto inda mal desenhado das crianças, faltava perfil. Quando se ria, eram notas claras sem preocupação. Distraído, Nossa Senhora! – Meidinha, você me arranja esta meia, a malha fugiu... Almeidinha puxava a malha da meia, assobiando. –Meidinha, dá comida pro Malunga, faz favor, tenho de ir buscar os bilhetes. Lá ia o Almeidinha assobiando, dar comida pro Malunga. Então carregar a filhinha da Dolores, dez meses, não havia como ele, a criança adormecia logo com o assobio doce, doce. E conversava tão delicado! João teve um entusiasmo pelo Almeida. E quando, na noite seguinte, o Homem Cobra recebendo aplausos, fez pra ele aquele gesto especial de intimidade, João sentiu-se mais feliz que o rei Dom Carlos. Safado rei Dom Carlos...

Carmela tanto falava, Pietro tanto insistiu, que o velho Quaglia recebeu o Almeida em casa mas muito bem. Em dez minutos de conversa, o moço já era estimado por todos. Carmela não pôde ir na cerca, já se vê, tinha visita em casa. João que entrasse, pois não conhecia o Almeida também! E, vamos falando logo a verdade, o Homem Cobra, assim com aquele jeito indiferente, agarrou tendo uma atenção especial pra Carmela. Ninguém percebia porque, afinal, a Carmela estava quase noiva do João. Nunca mulher nenhuma tivera uma atenção especial pro Meidinha. Carmela era a primeira. Ele percebeu. Só ele, porque os outros sabiam que ela estava quase noiva do João. E tem coisas que só mesmo entre dois se percebem. Carmela dum momento pra outro, você já sabe o que é a gente se tornar criminoso, ficara hábil. Mesma habilidade no Meidinha, que fazia tudo o que ela fazia primeiro. Até o caso da flor passou despercebido, também quem é que percebe uma sempreviva destamanho[33]! O certo é que de-noite o Homem Cobra trabalhou com ela entre as lantejoulas. Só olho com vontade de ver é que enxerga uma pobre florzinha no meio de tanto brilho artificial.

Era uma hora da madrugada, noite inteiramente adormecida no bairro da Lapa, quando o esguio passou assobiando pela rua. Carmela, não sei que loucura deu nela, acender luz não quis, podiam ver, saltou da cama, e, com o casaquinho de veludo nas costas, entreabriu a janela. Abriu-a. Esperou. O esguio voltava, mãos nos bolsos, assobiando. Vendo Carmela emudeceu. Essas casas de gente meia pobre são tão baixas... tocou no chapéu passando.

– Psiu...

Se chegou.

– Boa-noite.

---

[33] Destamanho: mínima

– Safa! a senhora ainda não foi dormir!

– Estava. Mas escutei o senhor, e vim.

– Noite muito bonita...

– É.

– Bom, boas-noites.

– Já vai... Fique um pouco...

Ele botara as costas na parede, mãos sempre nos bolsos. Olhava a rua, com vontade de ir-se embora decerto. Carmela é que trabalhou:

– Vi a flor no seu peito.

– Viu?

– Fiquei muito agradecida.

– Ora.

– Por que o senhor botou a flor, hein?... Podiam perceber!

Almeida se virou, muito admirado:

– O que tinha que vissem?

– É! tinha muita coisa, sabe!

Ele tirara as mãos dos bolsos. Se encostara de novo na janela, e olhava pro chão, brincando o pé numas folhinhas, a mão descansava ali no peitoril. Carmela já conhecia a doçura das mãos dadas com o João, de manso guardou a do moço entre as ardentes dela. Meidinha encarou-a inteiramente, se riu. Virou-se duma vez e retribuiu o carinho pondo a mão livre sobre as de Carmela.

– As mãos da senhora estão queimando, safa!

E não pararam mais de se olhar e se sorrir. Porém os artistas mesmo ignorantes de vida, sabem tantas coisas por profissão... não durou muito, Carmela e o Meidinha trocaram o beijo n. 1. Então ele partiu.

Estaria zangada?... Aquela frieza decidiu o João: pedia a moça nessa noite mesmo. Mas, e foi bom senão a história ficava mais feia, não sei o que deu nele de ir falar com ela primeiro. Cerca? era lugar aonde Carmela não chegava desde a quarta-feira. João mandou Sandro chamá-la. Que estava muito ocupada, não podia vir o que seria!... pois si não tinha feito nada!... resolveu entrar, não era homem pra complicações. Porém a moça nem respondeu aos olhares dele. Pietro é que se divertiu com a rusga[34], até fez uma caçoadinha. João teve um deslumbramento, gostou. Mas Carmela ficou toda azaranzada[35]. Desenhou um muxoxo[36] de desdém e foi pra dentro. Não sabia bem por que, porém de repente principiou a chorar. Veio a mãe ralhando com Pietro, onça da vida. É verdade que dona Lina não sabia o que se passara, viu a filha chorando e deu razão à filha. João quando soube que a namorada estava chorando, teve um pressentimento horrível, pressentimento de que, meu Deus!... pressentimento sem mais nada. Entrou em casa tonto, chegou-se pra janela sem pensamento, e ficou olhando a rua. Cada bonde, carroça que passava, eram vulções de poeira. Ar se manchando que nem cara cheia de panos[37]. O jasmineiro da frente, e mesmo do outro lado da rua, por cima do muro, os primeiros galhos das árvores, tudo avermelhado. Não vê que Prefeitura se lembra de vir calçar estas ruas! é só asfalto pras ruas vizinhas dos Campos Elíseos... Gente pobre que engula poeira dia inteirinho!

Si jantou, João nem percebeu. Depois caiu uma noite insuportável sem ar. João na janela. Os pais vendo ele assim, se puseram a amá-lo. Doente não estava, pois então devia de ser algum desgosto... Carmela. Não podia ser outra coisa. Mas o que teria sucedido! E afinal, gente pobre tem também suas

---

[34] Rusga: briguinha, desentendimento
[35] Azaranzada: atrapalhada
[36] Muxoxo: resmungo e torção da boca expressando desprezo, pouco caso
[37] Panos: manchas

delicadezas, perguntaram de lado, o filho respondeu "não". Consolar não sabiam. Nem tinham de que, ele embirrava negando. Então puseram-se a amar. É assim que o amor se vinga do desinteresse em que a gente deixa ele. A vida corre tão sossegada, ninguém não bota reparo no amor. Ahn... é assim, é!... esperem que hão-de ver!... o amor resmunga. E fica desimportante no lugarzinho que lhe deram. De repente a pessoa amada, filho, mulher, qualquer um sofre, e é então, quando mais a gente carece de força pra combater o mal, é então que o amor reaparece, incomodativo, tapando caminho, atrapalhando tudo, ajuntando mais dores a esta vida já de si tão difícil de ser vivida. Assim foi com os pais do João. O filho sofria, isso notava--se bem... Pois careciam de calma, da energia acumulada em anos e anos de trabalheira, que endurece a gente... Em vez: viram que uma outra coisa também se fora ajuntando, crescendo sem que eles reparassem, e era enorme agora, guaçu[38], macota[39], gigantesca! amavam o João! adoravam João! Como era engraçado, todo fechadinho, olho fechado, mãozinha fechada, logo depois de nascido!... os choros, noites sem dormir, o primeiro riso enfim, balbucios[40], primeiro dente, a roupinha de cetineta cor-de-rosa, a Rosa que não quisera casar com ele, a escola, as doenças, as sovas, a primeira comunhão, o trabalho, a bondade, a força, o futebol, os olhos, aqueles braços dependurados, meu Deus! todos os dias: o João!... Si tivessem vivido esse amor dia por dia, se compreende: agora só tinham que amar aquele sofrimento do instante, isso inda cristão aguenta. Mas os dias tinham

---

[38] Guaçu: (tupi) grande
[39] Macota: pessoa de prestígio
[40] Balbucios: fala imperfeita, sons que o bebê emite antes de começar a falar

passado sem que dessem tento[41] do amor, e agora, por uma causa que não sabiam, por causa daqueles cotovelos afincados na janela, daquele queixo dobrando o pulso largo, olhar abrindo pra noite sem resposta, vinha todo aquele amor grande de dias mil multiplicados por mil. Amaram com desespero, desesperados de amor.

Quando João viu os vizinhos partindo pro circo, nem discutiu a verdade do peito: vou também. Pegou no chapéu. Pra mãe ele se riu como si fosse possível enganar mãe.

– Vou pro circo... Divertir um bocado.

Depois do que se passara, ir junto dela também era sem--vergonhice, procurou companheiros na arquibancada.

– Ué! você não vai junto da Carmela?

– Não me amole mais com essa carcamana[42]!

–Brigaram!

– Não me amole, já disse!

Mas ver circo, quem é que podia ver circo num atarantamento[43] daqueles! O Homem Cobra com a sempreviva no peito. Gestos, olhares inconvenientes não fez nenhum que se apontasse, João porém descobriu tudo. A gente não pode culpar o Meidinha, não sabia que o outro gostava de Carmela. Um moço pode estar sentado junto dúa moça sem ser pra namorar...

Nessa noite o assobio chamou duas pessoas na janela. Bater, arrebentar com aquele chicapiau[44] desengonçado! confesso que o João espiando, matutou[45] nisso. Depois imaginou melhor, Carmela era dona do seu nariz e se tinha que

---

[41] Dessem tento: prestassem atenção
[42] Carcamana: (pejorativo) italiana
[43] Atarantamento: confusão
[44] Chicapiau: referente a capiau, roceiro
[45] Matutou: pensou

fazer das suas, antes agora! aprendia a ver adonde ia caindo, livra! são todas umas galinhas. E bastava. Foi pra cama aparentemente sossegado. Porém que-dê sono! vinha de sopetão aquela vontade de ver, tinha que espiar mesmo. Não podia enxergar bem, parece que se beijavam... ôh, que angústia na barriga!...

Afinal foi preciso partir, e o Meidinha andou naquele passo coreográfico[46] dos flexíveis. Ali mesmo na esquina distraiu-se, o assobio contorcido enfiou no ouvido da noite um maxixe[47] acariocado. Carmela... você imagine que noites! Convenhamos que o costume é lei grande. João mal entredormiu ali pelas três horas, pois às quatro e trinta já estava de pé. Pesava a cabeça, não tem dúvida, mas tinha que trabalhar e trabalhou. Botou o cavalo na carrocinha perfumada com pão novo e tlim... tlrintintim... lá foi numa festança de campainha, tirando um por um os prisioneiros das camas. São cinco horas, padeiro passou:

– É! circo, circo toda noite!... Pois agora não vai mais!

Também agora pouco se amolava que a mãi proibisse espetáculo. Gozar mesmo, só gozou na primeira noite. Depois, um poder de inquietações, de vontades, remorsos, remorsos não, duvidinhas... tomavam todo o tempo do espetáculo e ela não podia mais se divertir.

Dona Lina tinha razão. Quando Carmela apareceu, o irregular do corado, manchas soltas, falavam que isso não é vida que se dê para uma rapariga de dezenove anos. Pelos olhos ninguém podia pensar isso porque brilhavam mais ainda. Estavam caindo pros lados das faces num requebro[48] doce, descansado, de pessoa feliz. Não digo mais linda, po-

---

[46] Coreográfico: dançado
[47] Maxixe: gênero musical dançante, também chamado tango brasileiro
[48] Requebro: movimento

rém assim, a boniteza de Carmela se... se humanizara. Isso: perdera aquele convencional de pintura, pra adquirir certa violência de malvadez. Não sei si por causa de olhar Carmela, ou por causa da pantomima, a gente se punha matutando sobre os salteadores da Calábria. Não havia razão pra isso, os pais dela eram gente dos arredores de Gênova...

João, outro dia hei de contar o que sentiu e o que sucedeu pra ele, agora só me lembro dele ainda porque foi o primeiro a ver chegar o Almeida de-tardinha. Veio, já se sabe, mãos nos bolsos, assobio no meio da boca, bamboleando[49] saltadinho no passo miúdo de cabra. Tinha pés de borracha na certa, João tremeu de ódio. Pegou no chapéu, foi até muito longe caminhando. O mal não é a gente amar... O mal é a gente vestir a pessoa amada com um despropósito[50] de atributos[51] divinos, que chegam a triplicar às vezes o volume do amor, o que se dá? Uma pessoa natural é fácil da gente substituir por outra natural também, questão de sair uma e entrar outra... Porém a que sai do nosso peito é amor que sofre de gigantismo idealista, e não se acha outra de tanta gordura pra botar logo no lugar. Por isso fica um vazio doendo, doendo... Então a gente anda cada estirão[52] a pé... Aquilo dura bastante tempo, até que o vazio, graças aos ventinhos da boca-da-noite, se encha de pó. Se encha de pó.

Estamos no fim. São engraçadas essas mãis... Proíbem circo, obrigam as meninas a ir cedo pra cama, pensam que deitar é dormir. Aliás, esta é mesmo uma das fraquezas mais constantes dos homens... Geralmente nós não visamos o mal, visamos o remédio. Daí trinta por cento de desgraças que

---

[49] Bamboleando: balançando
[50] Despropósito: excesso
[51] Atributos: qualidades
[52] Estirão: longa distância

podiam ser evitadas, trinta por cento é muito, vinte. Carmela entra na conta. Também como é que dona Lina podia imaginar que quem está numa cama não dorme? não podia. Mas nem bem o assobio vinha vindo pra lá da esquina, já Carmela estava de pé. Beijo principiou. Até quando ela retirava um pouco a cara pro respiro de encher, ele espichava o pescoço, vinha salpicar beijos de guanumbi[53] nos lábios dela. Sempre olhando muito, percorrendo, parecia por curiosidade, a cara dela. Mas os beijos grandes, os beijos engulidos, era a diabinha que dava. Ele se deixava enlambusar. Mestra e discípulo, não? Aquela inocentinha que não trabalhava nas fábricas, quem que havia de dizer!... Eis a inocência no que dá: não vê que moça aprendida trocava o João pelo Homem Cobra... Se este penetrasse no quarto, creio que nenhum gesto de recusa encontraria no caminho, Carmela estava louca. Só a loucura explica uma loucura dessas. Mas até os desejos se cansam porém, a horas tantas ela sentiu-se exausta de amor. Puseram-se a conversar. Meidinha, mãos nos bolsos, encostara as costas na parede e olhava o chão. Carmela o incomodava com a cobra aderente do abraço, rosto contra rosto. E perdidas, umas frases de intimidade. Ela gemendo:

– Eu gosto tanto de você!

– Eu também.

Engraçado a ambiguidade[54] das respostas elípticas[55]! Gostava de quem? da namorada ou dele mesmo?...

– Você trabalhou hoje?

– Trabalhei. Vamos dar uma pantomima nova. Eu faço o violeiro do Cubatão, venha ver.

– Querido!

---

[53] Guanumbi: beija flor
[54] Ambiguidade: falta de clareza, duplo sentido
[55] Elípticas: que omitem alguma coisa

Beijo.

– É verdade! não se vê mais o João... É parente de você, é?

– Parente? Deus te livre! deu um muxoxo. Não sei onde anda. Não gosto dele!

Silêncio. Carmela sentiu um instinto vago de arranjar as coisas. Afinal, o caso dela se tomara uma dessas gavetas reviradas, aonde a gente não encontra a cueca mais. Continuou:

– Ele queria casar comigo, mas porém não gosto dele, é bobo. Só com você que hei de casar!

Meidinha estava olhando o chão. Ficou olhando. Depois se virou manso e encarou a bonita. Os olhos dele, grandes, inda mais grandes, enguliram os da moça, contemplava. Contemplava embevecido[56]. Carmela pousou nesses beiços entreabertos o incêndio úmido dos dela. Meidinha agora deixara os olhos caírem duma banda. Abraçados assim de frente, Carmela descansou o queixo no ombro do moço, e respirava sossegada o aroma de vida que vinha subindo da nuca dele. Ele sempre de olhos grandes, mais grandes ainda, caídos dum lado, perdidos na escureza do quarto indiferente.

– A gente há-de ser muito feliz, não me incomodo que você trabalhe no circo... Irei aonde você for. Se papai não quiser, fujo. Uhm...

Até conseguiu beijar o pescoço dele atrás. O Meidinha... os lábios dele mexiam, mas não falavam porém. Uma impressão de surpresa vibrou-lhe os músculos da cara de repente. Foi-se esvaindo, não, foi descendo pros beiços que ficaram caídos, com dor. Duramente uma energia lhe ajuntou quase as sobrancelhas. Acalmou. Veio o sorriso. Tirou Carmela do ombro. Na realidade era o primeiro gesto de posse que fazia, segurou a cabeça dela. Contemplou-a. Riu pra ela.

---

[56] Embevecido: encantado

– Vou embora. É muito tarde...

Enlaçou-a. Beijou-lhe a boca ardentemente e tornou a beijar. Carmela sentiu uma felicidade, que si ela fosse dessas lidas nos livros, dava recordação pra vida inteira. Ficou imóvel, vendo ele se afastar. Assobio não se escutou.

No dia seguinte, que-dele o Homem Cobra?

– Vocês não viram o Meidinha, gente!

– Pois não dormiu em casa!

– Não dormiu não?

– Decerto alguma farra...

– Que o quê!...

Que-dele o Almeida? Só de-tarde, alguns grupos sabiam na Lapa que o Homem Cobra embarcara não sei pra onde, o Abraão é que contava. Tinham ido juntos, no primeiro bonde "Anastácio" da madrugada. Vendo o outro de mala, indagou:

– Vai viajar!

– Vou.

– Deixa o circo!

– Deixo.

– Pra sempre, é!

O Homem Cobra olhara pra ele, parecendo zangado.

– Não tenho que lhe dar satisfações.

Virou a cara pro bairro trepando das Perdizes.

– De repente, vocês não imaginam, principiou a assobiar, alegre! um assobio de apito, nunca vi assobiar tão bem! Trabalho na avenida Tiradentes... fui seguindo ele. Entrou na estação da Sorocabana.

– Era o melhor número do circo...

A essa hora já tivera tempo quente na casa dos Quaglias, Pietro levara a notícia. Carmela abriu uma boca que não tinha; ataque, gente do povo não sabe ter, caiu numa choradeira de desespero, só vendo! descobriram tudo. Não que ela contasse, porém era muito fácil de adivinhar. Soluçava gritando querendo sair pra rua chamando pelo Meidinha. Tiveram certeza duma calúnia exagerada, pavorosa, que só o tempo desmentiu. O velho Quaglia perdeu a cabeça duma vez, desancou a filha que não foi vida. Carmela falava berrado que não era o que imaginavam... mas só mesmo quando não teve mais força misturada com a dor, é que o velho parou. Parou pra ficar chorando que nem bezerro. Pietro andava fechando porta, fechando quanta janela encontrava, pra ninguém de fora ouvir mas boato corre ninguém sabe como, as paredes têm ouvidos... E língua muito leviana, isso é que é. Os rapazes principiaram olhando pra Carmela dum jeito especial, e ficavam se rindo uns pros outros. Até propostas lhe fizeram. E ninguém mais não quis casar com ela. E só se vendo como ela procurava!... Uma verdadeira... nem sei o quê! Até que ficou... não-sei-o-quê de verdade. E sabe inda por cima o que andaram espalhando? Que quem principiou foi o irmão dela mesmo, o tal da dançarina... Porém coisa que não vi, não juro. E falo sempre que não sei.

Só sei que Carmela foi muito infeliz.

1924

POEMAS

ASPIRAÇÃO

(9 DE SETEMBRO DE 1924)

Doçura da pobreza assim...
Perder tudo que é seu, até o egoísmo de ser seu,
Tão pobre que possa apenas concorrer pra multidão...
Dei tudo que era meu, me gastei no meu ser,
Fiquei apenas com o que tem de toda a gente em mim...
Doçura da pobreza assim...

Nem me sinto mais só, dissolvido nos homens iguais!

Eu caminhei. Ao longo do caminho,
Ficava no chão orvalhado da aurora,
A marca emproada[1] dos meus passos.
Depois o sol subiu, o calor vibrou no ar
Em partículas de luz dourando e sopro quente.

O chão queimou-se e endureceu.
O sinal dos meus pés é invisível agora...
Mas sobre a Terra, a Terra carinhosamente muda,
E crescendo, penando, finando[2] na Terra,
Os homens sempre iguais...

E me sinto maior, igualando-me aos homens iguais!...

---

[1] Emproada: pretensiosa, vaidosa
[2] Finando: acabando, morrendo

.

ODE[1] AO BURGUÊS

Eu insulto o burguês! O burguês-níquel[2],
o burguês-burguês!
A digestão bem-feita de São Paulo!
O homem-curva! o homem-nádegas!
O homem que sendo francês, brasileiro, italiano,
é sempre um cauteloso pouco-a-pouco!

Eu insulto as aristocracias cautelosas!
Os barões lampiões[3]! os condes Joões[4]! os duques zurros[5]!
que vivem dentro de muros sem pulos;
e gemem sangues de alguns milréis fracos
para dizerem que as filhas da senhora falam o francês
e tocam os *Printemps*[6] com as unhas!

Eu insulto o burguês-funesto[7]!
O indigesto feijão com toucinho, dono das tradições!

---

[1] Ode: poema de louvor a pessoas, paisagens ou objetos Aqui, uso irônico
[2] Níquel: dinheiro
[3] Lampiões: cangaceiros, justiceiros armados
[4] Joões (Joões-ninguém): insignificantes
[5] Zurros: sons produzidos por burros, jumentos
[6] "Printemps": título em francês de peças fáceis de piano que as filhas dos burgueses tocavam
[7] Funesto: que pressagia a morte

Fora os que algarismam os amanhãs!
Olha a vida dos nossos setembros!
Fará Sol? Choverá? Arlequinal[8]!
Mas à chuva dos rosais
o êxtase fará sempre sol!

Morte à gordura!
Morte às adiposidades[9] cerebrais!
Morte ao burguês-mensal!
ao burguês-cinema! Ao burguês-tílburi[10]!
Padaria Suíssa! Morte viva ao Adriano!
"– Ai, filha, que te darei pelos teus anos?
– Um colar... – Conto e quinhentos[11]!!!
Mas nós morremos de fome!"

Come! Come-te a ti mesmo, oh! gelatina pasma!
Oh! purée[12] de batatas morais!
Oh! cabelos nas ventas[13]! oh! carecas!
Ódio aos temperamentos regulares!
Ódio aos relógios musculares! Morte e infâmia!
Ódio à soma! Ódio aos secos e molhados[14]
Ódio aos sem desfalecimentos nem arrependimentos,
sempiternamente[15] as mesmices convencionais!
De mãos nas costas! Marco eu o compasso! Eia!
Dois a dois! Primeira posição! Marcha!
Todos para a Central do meu rancor inebriante!

---

[8] Arlequinal: multicolorido
[9] Adiposidades: excessos de gordura, obesidade
[10] Tílburi: carro de dois lugares, puxado por cavalo
[11] Conto e quinhentos: mil e quinhentos
[12] *Purée* (fr.): purê, pirê
[13] Ventas: narinas
[14] Secos e molhados: comerciantes de alimentos
[15] Sempiternamente: eternamente

Ódio e insulto! Ódio e raiva! Ódio e mais ódio!
Morte ao burguês de giolhos[16],
cheirando religião e que não crê em Deus!
Ódio vermelho! Ódio fecundo! Ódio cíclico!
Ódio fundamento, sem perdão!

Fora! Fu! Fora o bom burguês!...

---

[16] De giolhos: ajoelhados

O POETA COME AMENDOIM

(1924)

a Carlos Drummond de Andrade

Noites pesadas de cheiros e calores amontoados...
Foi o sol que por todo o sítio imenso do Brasil
Andou marcando de moreno os brasileiros.

Estou pensando nos tempos de antes de eu nascer...

A noite era pra descansar. As gargalhadas brancas dos mulatos...
Silêncio! O Imperador medita os seus versinhos.
Os Caramurus[1] conspiram na sombra das mangueiras ovais.
Só o murmurejo[2] dos cre'm-deus-padres irmanava os homens de meu país...
Duma feita os canhamboras[3] perceberam que não tinha mais escravos,
Por causa disso muita virgem-do-rosário se perdeu...

Porém o desastre verdadeiro foi embonecar esta república temporã[4].
A gente inda não sabia se governar...
Progredir, progredimos um tiquinho
Que o progresso também é uma fatalidade...
Será o que Nosso Senhor quiser!...
Estou com desejos de desastres...

---

[1] Caramurus: membros do Partido Conservador (Brasil Império)
[2] Murmurejo: sussurro
[3] Canhamboras: escravos fugidos, quilombolas
[4] Temporã: fora do tempo apropriado

Com desejos do Amazonas e dos ventos muriçocas
Se encostando na canjerana[5] dos batentes...
Tenho desejos de violas e solidões sem sentido
Tenho desejos de gemer e de morrer.

Brasil...
Mastigado na gostosura quente do amendoim...
Falado numa língua curumim[6]
De palavras incertas num remeleixo melado melancólico...
Saem lentas frescas trituradas pelos meus dentes bons...
Molham meus beiços que dão beijos alastrados[7]
E depois remurmuram sem malícia as rezas bem nascidas...
Brasil amado não porque seja minha pátria,
Pátria é acaso de migrações e do pão-nosso onde Deus der...
Brasil que eu amo porque é o ritmo do meu braço aventuroso,
O gosto dos meus descansos,
O balanço das minhas cantigas amores e danças.
Brasil que eu sou porque é a minha expressão muito engraçada,
Porque é o meu sentimento pachorrento[8],
Porque é o meu jeito de ganhar dinheiro, de comer e de dormir.

---

[5] Canjerana: árvore de madeira avermelhada
[6] Curumim (tupi): criança
[7] Alastrados: espalhados
[8] Pachorrento: calmo, vagaroso

DOIS POEMAS ACREANOS

a Ronald de Carvalho

I. DESCOBRIMENTO

Abancado[1] à escrivaninha em São Paulo
Na minha casa da rua Lopes Chaves
De supetão[2] senti um friúme[3] por dentro.
Fiquei trêmulo, muito comovido
Com o livro palerma[4] olhando pra mim.

Não vê que me lembrei que lá no norte, meu Deus! muito longe de mim,
Na escuridão ativa da noite que caiu
Um homem pálido, magro, de cabelo escorrendo nos olhos,
Depois de fazer uma pele com a borracha do dia[5],
Faz pouco se deitou, está dormindo.

Esse homem é brasileiro que nem eu.

---

[1] Abancado: sentado no banco
[2] De sopetão: de repente
[3] Friúme: sensação de frio
[4] Palerma: tolo
[5] Fazer uma pele com a borracha do dia: referência à última tarefa do seringueiro em sua jornada diária: o látex recolhido tem que ser defumado longamente para adquirir consistência para mantê-lo sobre a fumaça, o seringueiro molda o látex em pelotas, também chamadas peles, ou pelas

II. ACALANTO[6] DO SERINGUEIRO

Seringueiro brasileiro,
Na escureza da floresta
Seringueiro, dorme.
Ponteando[7] o amor eu forcejo[8]
Pra cantar uma cantiga
Que faça você dormir.
Que dificuldade enorme!
Quero cantar e não posso,
Quero sentir e não sinto
A palavra brasileira
Que faça você dormir...
Seringueiro, dorme...

Como será a escureza
Desse mato virgem do Acre?
Como serão os aromas
A macieza ou a aspereza
Desse chão que é também meu?
Que miséria! Eu não escuto
A nota do uirapuru!...
Tenho de ver por tabela,
Sentir pelo que me contam,
Você, seringueiro do Acre,
Brasileiro que nem eu.
Na escureza da floresta
Seringueiro, dorme.

Seringueiro, seringueiro,
Queria enxergar você...
Apalpar você dormindo,
Mansamente, não se assuste,

---

[6] Acalanto: cantiga de ninar
[7] Ponteando: dedilhando um instrumento de cordas
[8] Forcejo: esforço-me

Afastando esse cabelo
Que escorreu na sua testa.
Algumas coisas eu sei...
Troncudo você não é.
Baixinho, desmerecido,
Pálido, Nossa Senhora!
Parece que nem tem sangue.
Porém cabra resistente
Está ali. Sei que não é
Bonito nem elegante...
Macambúzio[9], pouco fala,
Não boxa[10], não veste roupa
De palm-beach[11]... Enfim não faz
Um desperdício de coisas
Que dão conforto e alegria.

Mas porém é brasileiro,
Brasileiro que nem eu...
Fomos nós dois que botamos
Pra fora Pedro II...
Somos nós dois que devemos
Até os olhos da cara
Pra esses banqueiros de Londres...
Trabalhar nós trabalhamos
Porém pra comprar as pérolas
Do pescocinho da moça
Do deputado Fulano.
Companheiro, dorme!
Porém nunca nos olhamos
Nem ouvimos e nem nunca
Nos ouviremos jamais...
Não sabemos nada um do outro,

---

[9] Macambúzio: melancólico
[10] Boxa: pratica pugilismo
[11] Roupa de palm-beach: tipo de terno para clima quente, originário de Palm-
-Beach, localidade da Flórida (EUA)

Não nos veremos jamais!

Seringueiro, eu não sei nada!
E no entanto estou rodeado
Dum despotismo[12] de livros,
Estes mumbavas[13] que vivem.
Chupitando[14] vagarentos
O meu dinheiro o meu sangue
E não dão gosto de amor...
Me sinto bem solitário
No mutirão de sabença
Da minha casa, amolado
Por tantos livros geniais,
"Sagrados", como se diz...
E não sinto os meus patrícios!
E não sinto os meus gaúchos!
Seringueiro, dorme...
E não sinto os seringueiros
Que amo de amor infeliz...

Nem você pode pensar
Que algum outro brasileiro
Que seja poeta no sul
Ande se preocupando
Com o seringueiro dormindo,
Desejando pro que dorme
O bem da felicidade...
Essas coisas pra você
Devem ser indiferentes,
Duma indiferença enorme...
Porém eu sou amigo
E quero ver se consigo
Não passar na sua vida

---

[12] Despotismo: grande quantidade
[13] Mumbavas: parasitas
[14] Chupitando: sugando

Numa indiferença enorme.
Meu desejo e pensamento
                    (...numa indiferença enorme...)
Ronda sob as seringueiras
                    (...numa indiferença enorme...)
Num amor-de-amigo enorme...

Seringueiro, dorme!
Num amor-de-amigo enorme
Brasileiro, dorme!
Brasileiro, dorme.
Num amor-de-amigo enorme
Brasileiro, dorme.

Brasileiro, dorme,
Brasileiro... dorme...

Brasileiro... dorme.

AGORA EU QUERO CANTAR

Agora eu quero cantar
Uma história muito triste
Que nunca ninguém cantou,
A triste história de Pedro,
Que acabou qual principiou.

Não houve acalanto[15]. Apenas
Um guincho fraco no quarto
Alugado. O pai falou,
Enquanto a mãe se limpava:
– É Pedro. E Pedro ficou.
Ela tinha o que fazer,
Ele inda mais, e outro nome
Ali ninguém procurou,
Não pensaram em Alcibíades,
Floriscópio, Ciro, Adrasto,
Quedê tempo pra inventar!
– É Pedro. E Pedro ficou.

Pedrinho engatinhou logo
Mas muito tarde falou;
Ninguém falava com ele,

---

[15] Acalanto: cantiga de ninar

Quando chorava era surra
E aprendeu a emudecer.
Falou tarde, brincou pouco,
Em breve a mãe ajudou.
Nesse trabalho insuspeito
Passou o dia, e nem bem
A noite escura chegou,
Como única resposta
Um sono bruto o prostrou.

Por trás do quarto alugado
Tinha uma serra muito alta
Que Pedro nunca notou,
Mas num dia desses, não
Se sabe porque, Pedrinho
Para a serra se voltou:
– Havia de ter, decerto,
Uma vida bem mais linda
Por trás da serra, pensou.

Sineta que fere ouvido,
Vida nova anunciou;
Que medo ficar sozinho,
Sem pai, mesmo longínquo, sem
Mãe, mesmo ralhando, tanta
Piazada[16], ele sem ninguém...

Pedro foi para um cantinho,
Escondeu o olho e chorou.
Mas depois foi divertido,
Aliás prazer misturado,
Feito de comparação.
O menino roupa-nova
Pegava tudo o que a mestra
Dizia, ele não pegou!

---

[16] Piazada: meninada, garotada

Porque!... Mas depois de muito
Custo, a coisa melhorou.

Ele gostava era da
História Natural, os
Bichos, as plantas, os pássaros,
Tudo entrava fácil na
Cabecinha mal penteada,
Tudo Pedro decorou.
Havia de saber tudo!
Se dedicar! descobrir!
Mas já estava bem grandinho
E o pai da escola o tirou.
Ah que dia desgraçado!
E quando a noite chegou,
Como única resposta
Um sono bruto o prostrou.

Por trás da escola de Pedro
Tinha uma serra bem alta
Que o menino nunca olhou;
Logo no dia seguinte
Quando a oficina parou,
Machucado, sujo, exausto,
Pedrinho a escola rondou.
E eis que de repente, não
Se sabe porque, Pedrinho
Para a serra se voltou:
– Havia de ter por certo
Outra vida bem mais linda
Por trás da serra! pensou.

Vida que foi de trabalho,
Vida que o dia espalhou,
Adeus, bela natureza,
Adeus, bichos, adeus, flores,
Tudo o rapaz, obrigado

Pela oficina, largou.
Perdeu alguns dentes e antes,
Pouco antes de fazer quinze
Anos, na boca da máquina
Um dedo Pedro deixou.
Mas depois de mês e pico
Ao trabalho ele voltou,
E quando em frente da máquina,
Pensam que teve ódio? Não!
Pedro sentiu alegria!
A máquina era ele! A máquina
Era o que a vida lhe dava!
E Pedro tudo perdoou.

Foi pensando, foi pensando,
E pensou, que mais pensou,
Teve uma ideia, veio outra,
Andou falando sozinho,
Não dormiu, fez experiência,
E um ano depois, num grito,
Louca alegria de amor,
A máquina aperfeiçoou.
O patrão veio amigável
E Pedro galardoou[17],
Pôs ele noutro trabalho,
Subiu um pouco o ordenado:
– Aperfeiçoe esta máquina,
Caro Pedro! e se afastou.

Era um cacareco de
Máquina! e lá, bem na frente,
Bela, puxa vida! bela,
A primeira namorada
De Pedro, nas mãos dum outro,
Bela, mais bela que nunca,

---

[17] Galardoou: premiou, deu galardão

Se mexendo trabalhou
O dia inteiro. Nem bem
A noite negra chegou,
O rapaz desiludido
Um sono bruto prostrou.

Por trás da fábrica havia
Uma serra bem mais baixa
Que Pedro nunca enxergou,
Porém no dia seguinte
Chegando pra trabalhar,
Não se sabe por que, Pedro
Para a serra se voltou:
– Havia de ter, decerto,
Uma vida bem mais linda
Por trás da serra, pensou.

Ôh, segunda namorada,
Flor de abril! cabelo crespo,
Mão de princesa, corpinho
De vaca nova... Era vaca.
Aquele riso que faz
Que ri, nunca me enganou...
Caiu nos braços de quem?
Caiu nos braços de todos,
Caiu na vida e acabou.

Com a terceira namorada,
Na primeira roupa preta,
Pedro de preto casou.
E logo vieram os filhos,
Vieram doenças... Veio a vida
Que tudo, tudo aplainou.
Nada de horrível, não pensem,
Nenhuma desgraça ilustre
Nem dores maravilhosas,
Dessas que orgulham a gente,

Fazendo cegos vaidosos,
Tísicos[18] excepcionais,
Ou formando Aleijadinhos,
Beethovens e heróis assim:
Pedro apenas trabalhou.
Ganhou mais, foi subindinho[19],
Um pão[20] de terra comprou.
Um pão apenas, três quartos
E cozinha, num subúrbio
Que tudo dificultou.
Menos tempo, mais despesa,
Terra fraca, alguma pera,
Emprego lá na cidade,
Escola pra filho, ofício
Pra filho, um num choque de
Trem, inválido ficou.

– Sono! Único bem da vida!...

Foi essa frase sem força,
Sem História Natural,
Sem máquina, sem patente
De invenção, que por derradeiro
Pedro na vida inventou.
E quando remoendo a frase,
A noite preta chegou,
Pedro, Pedrinho, José,
Francisco, e nunca Alcibíades,
Um sono bruto anulou.

Por trás da morada nova
Não tinha serra nenhuma,
Nem morro tinha, era um plano

---

[18] Tísicos: tuberculosos
[19] Subindinho: diminutivo de subindo
[20] Pão: faixa, trecho, superfície

Devastado e sem valor,
Mas um dia desses, sempre
Igual ao que ontem passou,
Pedro, João, Manduca, não
Se sabe por que, Antônio,
Para o plano se voltou:
– Talvez houvesse, quem sabe,
Uma vida bem mais calma
Além do plano, pensou.

Havia, Pedro, era a morte,
Era a noite mais escura,
Era o grande sono imenso;
Havia, desgraçado, havia
Sim, burro, idiota, besta,
Havia sim, animal,
Bicho, escravo sem história,
Só da História Natural!...

Por trás do túmulo dele
Tinha outro túmulo... Igual.

SAMBINHA

Vêm duas costureirinhas pela rua das Palmeiras.
Afobadas[1] braços dados, depressinha,
Bonitas, Senhor! que até dão vontade pros homens da rua.
As costureirinhas vão explorando perigos...
Vestido é de seda.
Roupa-branca[2] é de morim[3].

Falando conversas fiadas
As duas costureirinhas passam por mim.
– Você vai?
    – Não vou não!
Parece que a rua parou para escutá-las.
Nem os trilhos sapecas[4]
Jogam mais bondes um pro outro.
E o sol da tardinha de abril
Espia entre as pálpebras crespas de duas nuvens.
As nuvens são vermelhas.
A tardinha é cor-de-rosa.
Fiquei querendo bem aquelas duas costureirinhas...

---

[1] Afobadas: apressadas
[2] Roupa-branca: roupa íntima
[3] Morim: tecido de algodão, branco e fino
[4] Sapecas: agitados

Fizeram-me peito batendo
Tão bonitas, tão modernas, tão brasileiras!
Isto é...
Uma era ítalo-brasileira.
Outra era áfrico-brasileira.
Uma era branca.
Outra era preta.

GAROA DO MEU SÃO PAULO

Garoa do meu São Paulo,
– Timbre[1] triste de martírios –
Um negro vem vindo, é branco!
Só bem perto fica negro,
Passa e torna a ficar branco.

Meu São Paulo da garoa,
– Londres das neblinas finas –
Um pobre vem vindo, é rico!
Só bem perto fica pobre,
Passa e torna a ficar rico.

Garoa do meu São Paulo,
– Costureira de malditos –
Vem um rico, vem um branco,
São sempre brancos e ricos...

Garoa, sai dos meus olhos.

---

[1] Timbre: marca, sinal, tom